昨夜的餐桌風景

ゆうべの食卓

角田光代 著

簡捷 譯

CONTENTS ///

她的食譜

歡迎來到料理界

重要的是基本調味料

我的無敵妹妹

我們的小歷史

明天的家庭

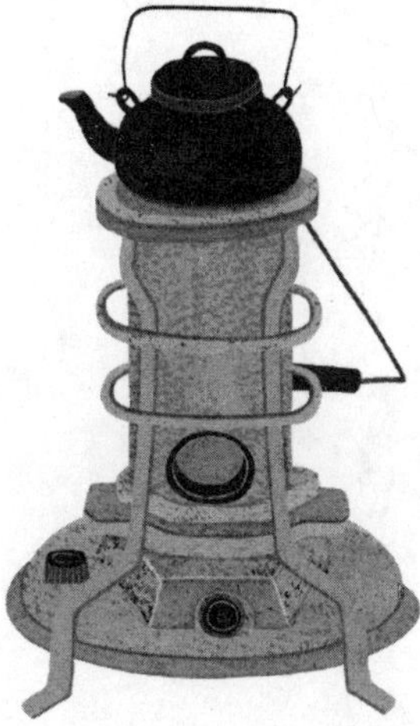

明天的家庭

從楓葉尚未轉紅的時候開始，各處便發放起新年年菜的傳單了。夾在報紙裡的廣告、百貨公司寄送的型錄、便利商店和超市的結帳櫃檯以及裝袋區，全都擺放著色彩鮮豔的傳單。

濱野麻耶將幾張傳單擺放在餐桌上，看得目不轉睛。知名高級料亭的年菜、名廚監修的年菜，有西式也有中式，種類真是多得目不暇給。剛結婚的時候——那已是距今二十年以上的事情了——麻耶很喜歡閱讀這一類的傳單。當時在經濟上完全沒有奢侈的餘裕，真的只是純欣賞而已，但光是看著就很有樂趣了。未來生了小孩，多了新的家人，就要買這種年菜；等到孩子們長大成人之後，準備一些能下酒的年菜感覺也不錯——她總是陶醉地這麼想。

等到真的生了小孩，生活立刻變得手忙腳亂起來，她只有空買現成的菜色裝進年菜盒裡。說到底，孩子們也不愛吃年菜，結果直到最後，她都沒機會訂購這種賞心悅目的年菜。麻耶迅速收好那些傳單，泡了杯熱騰騰的焙茶，坐到電視機前面，看起了事先錄好的連續劇。

兒子大知在升上大學的同時搬離家，鮮少回到家鄉來。女兒理名自從上了高中之後，也不曉得是不是叛逆期到了，老是一個人關在房間，幾乎不跟麻耶說話。丈夫武史由於任職的公司經營困難，在五年前轉職，現在隻身遠赴上海工作。大知說他還要打工，今年過年和成人節[1]都不會回家；理名則說她年假期間要跟朋友去滑雪旅遊。丈夫應該會回國，但過年期間家裡都只有兩個人，即使買了年菜也不可能吃得完。

一過了聖誕節，即使是麻耶居住的這座小城鎮，也籠罩在年底忙碌的氛圍之中。下班後，麻耶在商店街採購食材，一邊茫然心想，不該是這樣的啊。

【譯註】

1 為該年度年滿二十歲之青年男女表達祝賀的節日。二〇〇〇年以前訂於一月十五日，二〇〇〇年以後改訂於一月第二個星期一。

當初結婚時想像的家庭，不該像這樣分崩離析才對啊。

在下班回家的電車裡，麻耶心不在焉地看著車廂內廣告，看見了「小分量手作年菜」的文字。總覺得這串文字和底下漂亮的料理照片，好像正朝著自己微笑一樣，她不禁看得入神。

麻耶順道走進商店街的書店，買了廣告上的那本雜誌。吃完沉默居多的晚餐，理名便回自己房間去了。麻耶收拾好碗盤，泡了杯茶，在餐桌上翻開雜誌。上頭介紹了一人用、兩人用的手作年菜，食譜看起來不算困難，她原本莫名消沉的心情稍稍上揚了一些。理名遲早也會離開家，在不遠的將來，大知和理名也都會建立起各自的家庭吧。這不是令人落寞的事。未來，只要把「和丈夫一起度過兩個人的年假」變成一種期待，不就好了嗎？習慣親手製作兩人份的年菜，不是也很好嗎？其中沒有任何嘴硬或逞強的成分，麻耶只是在安靜的餐廳裡這麼想道。

聽見樓下翻動物品的動靜，濱野麻耶睜開眼睛。她凝望著一片黑暗，豎起耳朵仔細聽。碗盤碰撞聲、某種硬物掉落地面的聲響傳入耳中。年假期間從海外回國的丈夫，在三天前就回上海工作去了。樓下怎麼會有人？麻耶心神不寧地從床上爬起來，走出臥房，躡手躡腳地走下樓梯，小心不發出任何聲音。餐廳的燈關著，但位於餐廳深處的廚房燈火通明。往廚房裡一看，「唉唷，妳是怎麼啦？」麻耶一口氣放下心來，嗓門不小心大了些，身穿居家服的理名被嚇得驚跳起來，手中的東西掉到地上。那是一包袋裝泡麵。

「妳不要嚇我啦。」理名嘟著嘴撿起泡麵，將它放回收納耐放食品的架子上。

「妳肚子餓了？」麻耶問。理名說她年假期間吃胖了，這幾天的晚餐幾乎不吃，剩下了一大半。妳就是這樣才會餓——麻耶忍下想這麼說的衝動。

「要煮點東西給妳吃嗎？」

「我餓得睡不著，但這種大半夜要是還吃東西，一定會變胖吧……」理名難得坦率地說。

「那我煮不用怕胖的麵給妳吃。」麻耶說著，將一鍋水放到爐子上煮滾。

她使用冬粉和雞里肌，加上滿滿蔬菜，做成一鍋類似河粉的料理。煮著煮著麻耶也餓了，於是和女兒一起在餐桌邊坐下，面對面吃著煮好的冬粉。

「比想像中更好吃。」理名說。

「當然，因為我煮得好吃啊。」麻耶想起長子大知念高三備考的時候，她也經常做宵夜給兒子吃。有時候，當時還是國中生的理名聽到動靜也會爬起來，三人就這樣一塊吃起拉麵。

「以前還吃過拉麵之類的哦。」理名或許也想起同一件事，笑著說：「當時從來沒想過會變胖，以前的我真是所向無敵。」

「媽媽還在妳這個年紀的時候，流行過一種『水煮蛋減肥法』，媽媽也吃了好多水煮蛋呀。」麻耶回想起過去。是呀，高中的時候，自己也總是天天不開心，不跟父親說話，老愛頂撞母親，迫切地渴望變瘦。這麼看來，我和理名不是很相像嗎？

「吃水煮蛋就能變瘦嗎？」理名一臉正經地問。

「可是除了水煮蛋之外，什麼東西都不能吃哦。媽媽實在堅持不下去。」

「真的假的。」理名蹙著眉頭說完，喝光了碗裡的湯，從座位上站起來。

「我吃飽了。」她到流理臺把碗公洗乾淨之後，走向洗手間。麻耶向她說了聲「晚安」，但她沒有回應。

原來我們家不是分崩離析，只是不斷在改變而已，麻耶忽然頓悟似的這麼想道。從只有夫妻兩個人，變成了四個人的家庭；曾經有過大家一起圍坐在餐桌邊的時期，後來各自凝視著不同的方向，以自己的雙腳往前邁步……不過偶爾還是會像這樣，在餐桌邊相對而坐。家人是會改變的，但即使再怎麼改變，也仍然是一家人。「晚安。」走出洗手間的理名沒好氣地丟下這句話，逕自爬上二樓。

二十歲的新年

濱野大知不打算參加成年禮，因此年底也不回老家，就這麼迎來了正月。他在咖啡廳打工，除夕和新年第二天以後都排了班。除夕那天，結束打工之後，他和大學的朋友們一共五個人在御台場集合，在狹窄的沙灘上烤肉，一起看元旦的日出。大知在十二月剛滿二十歲，覺得啤酒和日本酒嘗起來都不怎麼樣，但在這種時候，他還是慶幸自己長到了能喝酒的年紀。喝了酒，在深夜烤肉也不覺得冷，氣氛也更加熱絡。他們五人組裡面有兩個女孩子，酒液下肚之後，大知也能更自在地跟他抱有好感的真邊佐保攀談。

儘管平常過著不是念書就是打工的平凡日子，但至少在跨年這天參加了一場二十歲該有的活動，大知心裡很高興。然而到了隔天，他卻四肢無力，渾身發冷。他勉強拖著身體到咖啡廳上工，但越來越不舒服，同事也說他「臉好紅」，到更衣室一量體溫，已經燒過了三十八度。大知立刻被趕回他租屋居住的單間小套房休息，鑽進長年鋪在地上、從來不摺的墊被裡睡覺。

他做了許多夢。在每一個夢裡，大知都是年幼的小孩，他和父親、母親以及還是個小嬰兒的妹妹一起在潮間帶撿貝殼，撿到了一個黃金法螺，絞盡腦汁想把它藏起來帶回家。下一個夢裡，又是全家人一起到湖邊，跳進湖裡的母親下半身竟然是長著魚的身體，「原來母親是人魚」的事實令他大感震驚。另一個夢裡，父親站在課堂參觀的家長之間，卻穿著母親的和服，大知害怕得不敢回頭，還不小心尿了出來……大知做的全都是這類的夢，直到過了深夜才清醒過來。身上充作睡衣的運動衫和運動褲全都被汗水浸得濕透，怪不得做了一大堆和水有關的夢，他恍然大悟。

換上乾淨的 T 恤和連帽上衣、運動褲之後，大知覺得肚子餓得受不了。他走進狹小的廚房，剛要伸手去拿杯麵，才想起冷凍庫還冰著事先醃好的配菜，感覺比杯麵營養多了，更能恢復體力。他把那些小菜拿去解凍，用微波爐加熱；從頭煮一鍋飯太麻煩了，因此他只熱了些即食白飯。

魚和肉都可以趁便宜時先買回家，醃漬在調味料當中保存，這是母親麻耶教給大知的小技巧。那是大知即將搬出來獨自生活的時候，母親告訴他，這麼做能讓食材徹底入味，調理方式又簡單，而且比便利商店便當健康多了。確實很簡單，大知不時會製作一些，直接扔進冷凍庫裡保存。

在新年萬籟俱寂的深夜，大知吃著自己做的薑汁燒肉丼，想起老家。雖然自己沒回家，但父親已經回國了，還有理名在，濱野家現在正過著熱鬧的正月吧。不過，不如說是大知不願看到父親沒回家，理名也和朋友出門，只剩下母親獨自一人在家的情況發生，所以才寧可這麼相信。平常他收到母親的 LINE 總是已讀不回，但等到天亮之後，還是傳個訊息跟她說「新年快樂」吧。大知如此決定，將飯扒進嘴裡。燒似乎退了，身體十分輕盈。

到了二月，大學即將放起漫長的春假[2]。最後一天上課日，大知他們五人組結伴去喝酒。他們五人是在行銷傳播的專題課上變熟的，經常一起活動。在大學附近的便宜居酒屋喝過一輪之後，其中一人說「我們去唱 KTV 吧」，不擅長唱歌的大知便說自己明天要早起，拒絕了邀約。這時真邊佐保居然說「我也要回去了」，大知內心大感驚訝，但沒表現在臉上，只說：「那春假中要是還有機會，大家再一起去喝酒吧。」便向準備去唱ＫＴＶ的三人揮揮手，和佐保並肩走向車站。

「大家的春假計畫都那麼認真，我看了有夠焦慮的啦，整個假期一直在打工的只有我一個。」大知說道。有人要去長野參加住宿式的密集駕訓班，有人要去實習，佐保則說過她要去加拿大短期遊學。

「中田同學也說他要打工哦。」佐保說。

「但他是去打工度假吧？石垣島那種地方，我從來沒去過。佐保妳也很厲害呀，要去遊學。」

「不過也只待三個禮拜而已。啊，出發前要不要一起去看個電影？有一部我想看的。」聽佐保這麼說，大知驚訝得差點跳起來。

2　日本大學的春假為二月初～三月底，長達兩個月左右，是學生一年當中最長的一段假期。

「咦，是可以啊，反正我除了打工之外都很閒。妳想看哪一部？」佐保說出那部電影的名字，大知沒聽過，但還是刻意迎合說：「好啊，我之前就想看那部片了。」

「真的？太好了，那部電影實在很難邀請別人一起看。那我再傳 LINE 跟你約日期哦。」

在車站和佐保分別，搭上地鐵之後，大知忍不住握拳擺出了勝利姿勢。佐保將在二月底出發前往加拿大，因此看電影應該會約在二月中旬左右，這不就表示會碰上那個節日嗎？說不定有可能收到佐保送的巧克力！

大知在電車上取出智慧型手機，立刻開始搜尋佐保所說的那部電影。「真的假的……」一查之下，他忍不住喃喃這麼說，因為那是一部相當血腥的恐怖電影。這不算是他愛看的類型，不過沒關係，既然都已經說想看了，他也不可能再拒絕佐保。

下了地鐵，大知爬上通往地面的階梯，沿著商店街走向公寓。寒冷的空氣凍得人鼻尖發痛，下個月應該會暖和不少吧，但「下個月」感覺還在無比遙遠的未來。無論是氣溫回暖、櫻花綻放的模樣，還是自己升上大三，開始為求職做準備的模樣，都完全無法想像，就像佐保準備造訪的溫哥華的街景一樣，遙遠得無法在腦海中描繪。等到年紀再大一點，是否會像父母所說的那樣，一年感覺就像一轉眼間的事呢？

年底沒有回家，不如還是趁春假期間回去一趟吧——望著數十公尺外便利商店的燈光，大知忽然這麼想。明明只是想想，老家那股鹹中帶甜的醬汁味道、電視機的聲音、理名和母親的笑聲卻一下子全都在腦海中甦醒，大知頓時有一點想哭。

我們的便當

媽媽以後不做便當了。

濱野理名的母親麻耶，在節分[3]剛過的時候如此宣告。

父親隻身遠赴上海工作，哥哥大知也隨著升上大學而搬出家裡之後，理名和母親兩個人一起生活的日子，也即將邁入第三年了。母親在全職工作的同時還負責做家事，理名很感謝她，也想過要幫忙，但事實上，感謝的話語難以說出口，她也不曾真的動手幫忙。因為太忙了嘛，理名找藉口似的這麼想道。要念書，還要交朋友，又煩惱該怎麼讓喜歡的人也喜歡上自己，還必須思考升學志願。而且，最近連跟母親說句話都好麻煩，她動不動就對理名有意見。

「媽媽努力過頭了，也太照顧妳了。理名，再這樣下去，妳會變成一個什麼都不會的人。可是現在這個時代，無論性別是男是女，什麼都不會的人一點也不受歡迎。」母親邊吃著晚餐邊說：「所以從明天開始，媽媽不做便當了。妳可以自己做，也可以自己買東西吃哦。」

母親說完，收拾起自己用完餐的碗盤，沒有清洗，便在電視機前的沙發上坐下，看起她最近沉迷的韓國電視劇來。理名不太自在地吃完一頓飯，收拾好自己的碗盤，連著母親的份一起清洗乾淨，放進瀝水籃。

雖然嘴上這麼說，但媽媽應該會準備一些簡單的東西吧？隔天早上睜開眼睛，理名這麼想著下到一樓，驚訝地發現母親已經出門了。桌上沒有便當，打開冰箱一看，裡面也沒有事先做好的配菜，連冷凍庫裡都沒有能用來做便當的冷凍食品。

「真的假的……」理名不禁喃喃自語，看了一下時鐘，又說了一次「真的假的！」，迅速換上制服、梳整頭髮，泫然欲泣地將睡翹的頭髮弄直，將筆記本和課本一股腦塞進書包，確認瓦斯關了、門也鎖了，便立刻衝出家門。

吃著便利商店三明治，理名一邊偷瞄萌衣和玲佳的便當。

3 立春前一天的節日，每年日期不盡相同，大多落在二月三日前後。有撒豆驅鬼、吃惠方卷等習俗。

「好好哦，我家媽媽罷工，說她從今天開始不幫我做便當了。」理名說。

「咦，我從升上高中之後，一直都是自己做便當哦。」萌衣說。

「真的啊？」理名和玲佳異口同聲說著，再一次打量萌衣的便當。綠花椰菜起司沙拉、小番茄、小魚煎蛋捲、香腸、肉丸子。「只有這個是冷凍食品。」萌衣拿筷子指了指肉丸子說道。在這個時代，什麼都不會的人一點也不受歡迎——母親的聲音在理名耳邊迴響。

「好，我也要努力做便當！」聽理名這麼說，玲佳也喃喃說：

「那我也試試看好了。」

做便當雖然麻煩，卻為理名的午休時間一下子增添了許多趣味。理名、玲佳、萌衣這三個天天一起吃便當的女生，開始互相展示自己親手製作的便當。

萌衣的做便當資歷即將滿一年，總是一如預期地製作出配色美觀、營養均衡的模範便當。和理名一起開始學做便當的玲佳很有個性，會把湯和白飯裝進燜燒罐中做成「燉飯便當」，還會把可樂餅和醃蘿蔔鋪在白飯上做成「可樂餅丼」帶來學校。這些便當完全無視於配色、營養、偏食問題，但總給人一種大膽又奔放的感覺，讓理名深受啟發。

從這兩人身上獲得靈感，理名拿現成的冷凍燒賣做過五彩繽紛的中華便當，也曾經把前一天晚餐的肉丸子、野澤菜、炒蛋一起包進白飯裡，做成巨大的握便當。三人一起圍在桌邊，「一、二、三——！」一起打開便當，有人歡呼、有人發出讚嘆，大家一邊吃著自己製作的便當，一邊互相出主意：「納豆丼真的不行嗎？」「味道太重了。」「如果換成納豆蛋包飯應該可行吧？」午休時光變得比以前有趣多了。

晚餐後，母親看見理名正把吃剩的咖哩分裝進小鍋子裡，問她：

「這是要做什麼？當早餐嗎？」

「裝進燜燒罐裡，做咖哩便當。」理名回答。

「哇，很有創意哦。」媽媽睜圓了眼睛說。

「我有一個叫玲佳的朋友，個性明明很乖巧穩重，卻總是帶一些稀奇古怪的便當來。今天她居然還帶沾麵來耶，湯底裝在燜燒罐裡，便當盒裡裝滿麵條、蔥花和叉燒。」

「咦，這也能帶啊？要是媽媽那個時代，是不至於因此被同學欺負啦，但肯定會被當成笑柄吧。」

「因為現在是凡事都有可能的時代嘛。」理名模仿著母親先前的話這麼說。「媽媽，下次我也做給妳吃吧，玲佳和萌衣都稱讚我的巨大握便當很讓人印象深刻哦。」

「呃、嗯，謝謝。」母親說著，朝電視機前面走去。

每天除了工作就是做家事，與丈夫分隔兩地，生活唯一樂趣是看韓劇的母親，也曾經有過和自己相同的高中時代啊。思及這點，理名心中湧上一股不可思議的心情。想到這裡她忽然察覺，自己總有一天也會長到母親那個年紀。隨著年齡不斷增長，現在三個要好的女生吵吵鬧鬧吃著便當的這段時光，有一天也會變成懷念到令人想哭的回憶吧，她如此確信。如果是這樣，那我一定要做出讓我、玲佳、萌衣三個人，未來無論過了多久，都絕對無法忘懷的便當，理名燃起了奇妙的熱情。哎呀，這下子越來越忙了——理名喃喃念著，開始清洗晚餐後的餐具碗盤。

爸爸餐媽媽餐

爸爸餐媽媽餐

四月底，因應疫情嚴峻，東京發布了第三次緊急事態宣言。以此為契機，泰田仁美向丈夫紀行提議，兩人改過「家庭內分居」的生活。仁美並未考慮離婚，只是發自內心受不了紀行。

去年冬季尾聲，全國學校一律停課，春天頒布第一次緊急事態宣言，仁美和紀行也改為居家辦公。仁美在和室客房裡工作，當時仍是國中生的結麻在自己房間聽老師線上講課，上完課就在客廳或餐廳看看參考書、玩玩遊戲。問題在於紀行。

紀行是遊戲劇本作家，但他不是自由接案的創作者，而是受雇於遊戲公司的職員。在新冠疫情爆發之前，紀行在仁美出門上班時還在睡覺，回家時間也不太固定。有時比仁美更早回來，有時也會過了換日時分才返家，有那麼幾天也會徹夜不歸。這是紀行的尋常作息，仁美和女兒結麻都對這樣的生活習以為常。

自從改為遠距辦公，紀行總是待在家裡之後，仁美才再一次驚訝於他的生活有多不規律。他有時睡到中午，有時天還沒亮就起床；有時從深夜一直遠端開會到黎明，有時寫東西寫到一半就地睡著。而且，他的活動區域還不固定。客廳、餐廳、臥室、衣帽間、書房，他會在任何無人的空間開會、打電話、寫作、閱讀資料。說話聲容易傳到其他房間，半夜裡仁美也會被動靜吵醒。

日常生活驟然改變，大家都一樣適應得很辛苦——仁美這麼認為，因此沒想太多，在和室裡完成工作的同時，為家人烹煮早中晚三餐、洗衣服、收衣服、摺衣服，週末打掃家裡。只要她開口，結麻無論什麼事都願意幫忙，但紀行總是把自己所有的時間都花費在工作上。當她拜託紀行做些什麼，紀行會說「好」，卻回頭就「啊」一聲把自己關進房間，渾然忘我地寫起東西，再也不出來。

畢竟他做的是創意類的工作，這也沒辦法吧。仁美如此說服自己，在這一年間努力在工作之餘完成所有家事。到了四月，結麻也升上高中了。直到第三次緊急事態宣言時，她再也忍無可忍。

從今以後，你的工作和睡覺地點都在書房。三餐和洗衣服都自理。你負責打掃浴室和廁所。不可以在我使用廚房時進來煮東西。不准擅自取用我買的食材。在我和結麻吃飯的時候不許看電視。不僅口頭說明，仁美甚至還寫了一張備忘錄交給紀行。好的，我知道了——紀行垂頭喪氣地這麼說完，補上一句「這段時間真的很對不起」。

早上六點起床，製作兩人份的早餐和結麻的便當，中午十二點煮一道簡單的單品料理，五點多結束工作，外出採買，七點鐘吃晚餐。自從結婚之後，仁美第一次發現，可以在固定時間烹煮三餐是多麼輕鬆愜意的一件事啊。

家庭內分居生活，對仁美而言是真的輕鬆又舒適。她能在自己方便的時間活動，也不必對誰生悶氣，三餐方面，也不用再掛心紀行需不需要早餐、幾點吃晚餐、要不要準備他的晚餐。有時候她一整天都沒見到紀行一面，但也不覺得寂寞。讓她意想不到的是結麻。

結麻開始自己做便當，有時還會連仁美的早餐一併準備。每天晚餐，她們兩人都一起吃仁美烹煮的料理，但從黃金週前後開始，結麻偶爾會提前跟仁美說「今天不用準備我的晚餐哦」。她說，「因為我今天要吃爸爸餐。」

作息時間不規律的紀行，在仁美做飯的時段不能進入廚房，因此總是在傍晚或接近深夜的時段煮些東西，自己一個人用餐。結麻說要吃爸爸餐的日子，或許覺得太晚吃飯對女兒不好意思吧，他最晚也會在晚上十點之前吃晚飯。當仁美洗完澡，在盥洗室保養皮膚的時候，會聽見父女倆愉快的談話聲。

仁美好奇他們都吃些什麼，好幾次在進廚房時順便看了看餐桌，結果每一次都是肉類料理。牛肉、豬肉或雞肉，配上一丁點高麗菜、豆芽菜這類蔬菜一起拌炒，調味多半是使用市售現成燒肉醬之類的東西。沒有沙拉，沒有小菜，也沒有味噌湯，只有一道肉菜，配上盛在碗公裡的白飯。

「一直吃爸爸餐，營養會不均衡哦。」早餐的餐桌上，仁美忍不住這麼說。

「可是很好吃嘛，吃完總覺得全身充滿了力量。」結麻笑著這麼說。

「就算能補充體力，免疫力也會下降吧。」仁美說完暗自心想，我這是在嫉妒嗎？比起母親精心製作的料理，結麻好像更喜歡紀行那種粗糙隨便的餐食，是不是讓我很不甘心？畢竟為了健康考量，我煮的菜味道都比較清淡，魚類也比肉類更多。

「我覺得有媽媽餐和爸爸餐能選擇，是很幸運的事哦，更應該均衡攝取，兩種都吃才對。」

聽結麻這麼說，仁美恍然大悟——這孩子是以她自己的方式在為雙親考慮呀，一定是覺得只跟母親吃飯的話，父親未免太可憐了。她是想為分開生活的兩人取得平衡。

「結麻，媽媽好像該跟妳說聲抱歉。但我和爸爸並沒有感情失和哦。」仁美不禁這麼說。

「我知道啦。」結麻嫌麻煩似的咕噥：「這是一種教育措施吧，妳只是覺得疼愛他就該讓他好好出去磨練而已。」她將餐後的碗盤疊好，從座位上起身將它們放進流理臺，說：「抱歉，碗就交給妳洗了。」便匆匆忙忙準備上學去了。

新家庭

仁美的新居，是一間位在寬廣公園旁邊的新式公寓。七點多，下班返家的仁美將冷凍白飯解凍，將買來的照燒雞肉，和冰箱裡常備的鹿尾菜、涼拌青菜一起盛在白飯上，然後將罐裝啤酒倒進玻璃杯。她合掌說「我開動了」，眺望著沉入夜色中的公園，吃起一個人的晚餐。

女兒結麻考上位於關西的大學，從家裡搬了出去。藉著這個機會，仁美也和前夫泰田紀行離了婚，恢復婚前的姓氏，變回「森本仁美」，搬進了興建在公園旁邊、一房一廳附廚房的公寓，這是黃金週之前的事了。紀行則搬到了他所任職的遊戲公司附近。

仁美提議「家庭內分居」是在三年前，結麻剛升上高中那年，當時正值疫情最嚴峻的時候。現在回想起來，仍有種不可思議的心情——籠罩在疫情之下，那些異常的日子。

家庭內分居的生活，對仁美來說真的相當舒適，也一直都順利和睦。紀行會自行洗滌自己的衣物，負責打掃浴室和廁所，自己煮飯來吃，偶爾也一起煮給結麻吃。這樣的生活過了一年左右，疫情慢慢平息，一如既往的日常回來了。紀行開始像從前那樣通勤上班，暑假期間，全家人還一起去家族旅遊。然而不可思議的是，紀行和仁美之間並沒有恢復原狀。多半是已經養成了自己處理三餐起居、用餐和就寢都各自分開的生活節奏，而這對雙方來說都舒適自在，所以兩人都不想改變現狀。

他們並不是感情變差了，只是變成了比起夫妻更像室友的關係，開始不知道在兩人獨處時該說些什麼才好。結麻一升上高三，仁美忽然害怕起來，等到結麻搬出去之後，她該如何和紀行一起生活下去？她甚至拜託結麻考一間能從家裡通勤的大學。但結麻想就讀的學系只在關西的大學才有，自然也不打算只為了協調雙親的生活而留在家裡。

到了結麻開始參加夏季補習、準備升學考試的時候，仁美主動向紀行提起了將來該怎麼辦的話題。要繼續家庭內分居的婚姻生活，還是……？說「離婚」顯得太誇大其詞，仁美並未使用這個詞。「不然，我們各自生活看看吧。」紀行也同樣沒有使用離婚這個詞，這麼對她說道。

未來結麻的學費、生活費，目前的住家該如何處理……仁美和紀行在私底下持續討論這些問題。兩人一次也沒吵過架，一切順利得令人驚訝。

自從一個人住之後，仁美就不再努力煮飯打掃了。最近，她私底下的愛好是「隨意丼飯」，只要把買來的熟食或常備小菜放到白飯或麵條上面，一回家就可以馬上開動。和家人住在一起的時候，她從來沒想過要這麼吃。紀行肯定也一如往常吃著簡單的餐點過活吧，一碗白飯，配上一道肉菜。

收拾好一人份的碗盤餐具，仁美將租來的ＤＶＤ放入播放器，滿心期待地按下播放鍵。

紀行住在一棟距離地鐵站七分鐘左右的新式公寓。雖然覺得在人家家裡東張西望不太禮貌，但實在太好奇了，仁美還是忍不住環顧四周。這間屋子比仁美的公寓老舊，但空間也較為寬敞。客餐廳裡放著一張矮餐桌，大型電視機前有一張工作用的和式書桌，書本、雜誌和遊戲機在上頭堆積如山。屋內有兩個房間，其中開著門的那間是書房，關著的那一間多半就是臥室了。仁美也很想看看臥室，不過擅自打開房門實在太沒禮貌了，於是她轉而看向廚房。

紀行在那裡一臉認真地烹調，從味道聞起來，煮的應該是咖哩。

紀行有些東西混在了仁美的行李裡面——老舊的遊戲軟體、國中畢業紀念冊、名片夾和領帶——這些東西該怎麼辦，要還給你嗎？還是直接處理掉？仁美在LINE上這麼詢問，紀行便邀請她「過來吃頓飯吧」。於是，在星期日下午，仁美才會像這樣坐在前夫擺滿雜物的屋子裡。

兩人圍著矮餐桌相對而坐，吃著咖哩飯。紀行煮的料理果然只有一道咖哩，沒有沙拉，也沒有配菜。不過——

「好吃得讓人有點驚訝。」仁美老實說出自己的感想。咖哩帶有扎實的辣味，屋裡明明開著冷氣，卻吃得教人直冒汗。

「對吧？聽說一次使用兩種不同的咖哩塊會煮得更好吃，但我可是用了四種哦。」紀行有些得意地說。

「沒想到你把家裡收拾得滿整齊的。」

「畢竟我也沒什麼東西嘛。」

仁美不經意想起結婚前，兩人在紀行家一起喝酒的事。平常大多是紀行到仁美家來，但有幾次在約會過後，仁美曾順道在紀行家中過夜，兩人配著便利商店買來的起司鱈魚條、鹽醃牛肉，喝著罐裝啤酒或氣泡酒。雖然想不起當時聊了些什麼，但兩人常聊到笑倒在地，也不曉得什麼話題這麼好笑。

「為了感謝你的招待，碗就由我來洗吧。」吃完只有一道菜色的咖哩飯，仁美將空盤一併端到流理臺，開始清洗碗盤。

「疫情到底是怎麼一回事呢……」紀行探過頭來，看著仁美洗碗的手，喃喃這麼說。

「真的，到底是怎麼回事呢。」仁美說完心想，肯定也有許多夫妻像自己和紀行這樣莫名其妙離了婚，或者莫名其妙結了婚吧，這也是各人的命運。

站在通往陽臺的玻璃門前，仁美向外眺望，這時紀行泡好餐後咖啡，端著馬克杯站到了她身邊。

「那棟大樓後面可以看見東京鐵塔，雖然只看得見一點點。」

仁美凝神細看，確實能看見紅色的尖塔。真的耶，她興奮地驚呼。

「改天到你家來喝一杯好了。」她開著玩笑說。

「也招待我到妳家坐坐吧。」沒想到紀行一臉認真地這麼說，仁美不禁笑了。

新團體成立

在櫃檯登記名字，遞出禮金之後，櫃檯人員對她說「請移駕到休息室」。仁美不禁想問，真的可以嗎？但這麼問好像也好奇怪哦，仁美如此心想，最後只是欠身致意，便在飯店員工的引導下往深處走去。

門扇被打開，一踏進休息室，整個空間彷彿都散發著光輝。身為光源的結麻喊了聲「媽媽」，朝她走近。一襲露出肩膀的純白婚紗，頭髮上裝飾著純白鮮花，多美呀。仁美一瞬間看得入神。

「今天謝謝您不遠千里，特地前來。」穿著一身亮面灰西裝的新郎說著，並肩站到結麻身邊。

「恭喜你們。」仁美低下頭，深深鞠躬。

親戚們一個接一個來打招呼，在匆匆忙忙的交談之中，飯店員工過來說

「麻煩各位移駕到會場」，於是所有人紛紛跟著她一起轉移陣地。仁美就座之後，泰田紀行額頭上冒著汗跑來，在她隔壁的位置坐下。

「幸好梅雨短暫放晴了。」

「幸好你趕上了。」兩人同時開口，同時笑了出來。

「不過，這婚實在結得太早了啊。」紀行深有感慨地說道，仁美也有同感。結麻到關西念大學之後，就這麼在關西就職，二十六歲便決定和學生時代交往至今的戀人結婚。約莫半年前，結麻說要結婚，介紹了濱野林太郎給她認識的時候，仁美甚至忍不住說「現在結婚不會太早了嗎」。話說出口之後，仁美才感到後悔。結麻念高中時便碰上全球大流行的疫情，雙親開始家庭內分居，又在她升上大學的同時離了婚。或許她心裡一直感到寂寞，想早點建立自己的家庭也不一定。

年輕的賓客接踵而至，會場一下子變得繽紛起來。燈光熄滅，歡快的音樂聲響起。大廳深處的門扇打開，新郎和新娘挽著彼此的手臂登場，全場一片掌聲。聽說現在這個時代，已經不再安排父親和新娘一起進場，將新娘交到新郎手中這種過時的橋段了。

「那孩子真的好漂亮呀。」撇除身為母親的偏愛，今天的結麻真的很美——看著坐上高砂席[4]的女兒，仁美這麼說。身旁的人遲遲沒有回應，她朝身旁瞥了一眼，看見紀行拿餐巾掩著臉，默不作聲地哭泣。

「你也太早哭了吧。」仁美目瞪口呆地說道，話剛出口，卻感到鼻腔深處一陣刺痛，她急忙將臉轉向天花板。妳會邀請我參加婚禮嗎？結麻介紹林太郎和她認識的時候，仁美曾這麼問。那當然囉，結麻笑著回答。不過，妳會和爸爸坐同一桌，你們不可以吵架哦——二十六歲的女兒這麼說，那道身影和那個曾說「有媽媽餐和爸爸餐能選擇非常幸運」的高中生重疊在一起。那時候，仁美也差點落淚。

婚禮結束後，一行人移動到庭園中拍照。新郎和新娘先是被眾多友人團

4 日本婚禮中新人專屬的席位，座位比其他桌席高，且位於所有賓客前方，方便賓客看見婚禮主角。

團簇擁，接著和雙方的父母拍攝六人合照。

「能幫我們三個人拍照嗎？」六人一起拍完照之後，結麻這麼問攝影師。

「哎，我們三個拍一張吧，好不好？」

聽女兒這麼說，兩人讓結麻站在正中間，請攝影師拍了照。在那之後，新郎和新娘兩人似乎要再換幾個地方，多拍幾張照片。

離婚之後，仁美和紀行偶爾會一起吃飯，一起去關西探望結麻，在當地住一晚。兩人之間有著昔日同學的那種自在，卻不曾發展為戀愛。仁美覺得自己未來不會再跟誰談戀愛了，但不曉得紀行怎麼想，或許他已經有了戀人也不一定。不探問對方隱私，是兩人彼此心照不宣的默契。

「妳一日來回嗎？還是在這裡住宿？」走出會場之後，紀行頂著哭腫的臉這麼問。

「我訂了這間飯店的房間。」

「那我們一起吃晚餐吧，我也準備過夜。」

在婚宴上吃過飯店的套餐料理，仁美還不太餓，不過還是在晚上七點前往紀行預約好的餐廳。那是間居酒屋風格、氣氛輕鬆的店，聽說這裡的鱧魚鍋很有名。兩人在榻榻米上相對而坐，端起啤酒乾杯。此時此刻，結麻他們應該正在和學生時期的夥伴們舉辦熱鬧的二次會[5]吧。「我跟她說，你們要成為即便再遇到疫情這種事，也不會被拆散的夫妻。」仁美吃著前菜說道。在結麻介紹林太郎給她認識的那天，她是這麼對結麻說的。

「我也說了類似的話。」紀行說。

「那她的答案也一樣吧。」

「我想建立的是，即使再碰上像疫情這麼始料未及的事情而分開，也仍然視彼此為家人的關係。」紀行說出結麻的回答。

「就像我們家一樣。」沒錯，結麻還補上了這麼一句話。仁美喃喃說完，一直忍耐到這一刻的淚水溢出眼眶。「那孩子多溫柔啊。」結麻或許是體諒雙親的感受才這麼說的。然而，聽見這番話的時候，仁美才第一次覺得，或

5 日本正式婚禮結束後的派對。參加者多為新人的親朋好友，氣氛較活潑熱鬧。

許沒有必要預設家庭就該是什麼模樣，她也不需要因為離了婚而對結麻感到抱歉。原來我們只需要彼此肯定、為彼此著想，以自己的方式過自己的日子，就是一家人，她想。

「我們三個人的姓氏都不一樣了呢。」仁美拿手帕擦著眼淚，感慨萬千地說。

「那就各取我們的第一個字，把這個團體取名叫『濱泰森』吧。還是應該叫『泰森濱』才對？」

「等到夫妻別姓[6]被承認之後，會有更多各式各樣的團體呢，團體名稱也會變得更長。」

「慶祝我們組成新團體。」紀行說著，碰了碰仁美的啤酒杯。仁美不經意想起近三十年前，自己和紀行已然久遠的婚禮，深切體認到正因為有過那一天，現在的自己才身在這裡。

6 指新婚夫婦不依照法律更改為同一姓氏的現象或制度，是日本目前廣受討論的議題。

焗烤接棒

焗烤接棒

女兒希子去年在出版社就職之後，最近這陣子好像一直在吃豪華料理。有些日子過了深夜才返家，有時週末假日也得應酬。佳苗身為母親，一方面擔心希子的健康狀況出問題，另一方面對她的飲食習慣也不太放心。昨天吃法式料理，今天吃壽司，明天吃義式料理……過著這樣的生活，鐵定蔬菜攝取不足又熱量超標吧。

——看見女兒為了就職而搬到都心，開始獨自生活，上述這些擔憂是佳苗最主要的心情。但這份擔憂之中，還混雜著非常微小的，說不清是羨慕、嫉妒還是煩躁的心情，佳苗自己也有所察覺。

事情的開端，發生在今年正月的年假。全家三個人睽違已久地見到面，在大白天喝起了日本酒，配著佳苗製作的年菜，邊喝邊聊天。在研習期間結束之後，希子被分派到漫畫編輯部，此刻正和雙親聊到她和資深編輯一起四處拜訪漫畫家的情形。即使心裡想著「今天好想吃烤雞肉串」，為了接待漫畫家還是得上高級料理店或知名餐廳應酬，大家還會說「妳這麼年輕，應該還能吃吧」，把多的菜餚盛到我盤子裡……希子這麼發著牢騷。

「那還真辛苦，妳別太勉強自己啊。」父親悟這麼說。

「我在女生當中算是大胃王了，沒問題啦。」希子笑道。

「小心不要被前輩灌太多酒哦。」佳苗說。

「媽，這也不用擔心，現在和你們以前在聚會上被要求一口氣乾杯的那個年代已經不一樣了。」希子這麼回答，到這裡為止都還好。「不過……」希子繼續說下去：「原來好吃的魚膘是真的好吃啊。」

「什麼意思啊。」父親笑著說，希子便舉出了佳苗也聽過的一間高級壽司店名。

「我在那間壽司店吃到烤魚膘，配點鹽巴，好吃到我差點要昏過去了。你們也知道，我一直都只吃過直接撲通丟進鍋子裡的魚膘嘛。」聽希子這麼說，佳苗頓時有點光火。

「那還真抱歉喔。」佳苗反射性地說：「妳媽只會把魚膘直接丟進鍋子裡面煮，真不好意思喔。」

「我不是那個意思啦。啊，不過有時候真的有這種情形耶。像馬鈴薯燉肉，有人覺得應該放豬肉，有人覺得應該放牛肉，這就是反映了自己家裡的習慣吧？」希子毫無惡意地繼續說下去。原以為偏瘦的牛排吃起來都偏硬，後來才發現不是這樣；有間餐廳的壽喜燒可以沾著打發的蛋白吃等等，她不停說著，愛吃美食的悟聽得津津有味。佳苗也算是喜歡這方面的話題，但心裡卻一直不是滋味。

這樣聽起來，不是好像我從來沒讓女兒吃過像樣的東西一樣嗎？跟頂級名店比起來，我用的食材確實比較便宜，技術也很業餘，但我還是一邊全職工作，一邊盡可能不使用市面上現成的東西，認真努力地做飯給家人吃，還持續了二十年以上。……儘管心裡這麼想，但佳苗沒說出口。她明白希子沒有這個意思，也知道這種想法有點被害妄想、有點乖僻彆扭。和希子同樣二十三歲的時候，佳苗在成衣製造商任職，偶爾和友人到連鎖的義式餐廳吃一頓飯，就是她生活中唯一的奢侈。

正月年假結束，希子便回到她位於都心的公寓去了。佳苗時常傳LINE給女兒，但標記已讀的時間總是在夜晚到深夜，少有回訊。只要訊息還顯示已讀，佳苗就當作她一切都好。

「焗烤要怎麼做呀？」一天平日上午，希子卻難得傳了LINE過來。

佳苗關掉使用中的吸塵器，回覆她：「我可不能教一個常吃高級焗烤料理的人怎麼做我的黏答答焗烤」，再傳了一張貓熊扮鬼臉的貼圖。

「我就是想吃那種黏答答的焗烤嘛～」然後是一張躺在地上揮動手腳耍賴的小熊貼圖。

佳苗頓時想起什麼似的，緊抓著智慧型手機走下樓，從廚房架子上取出一本食譜。頁面邊緣折了好幾個角，炸牡蠣、肉醬、治部煮[7]、焗烤。

7 日本金澤一帶代表性的鄉土料理。將野鴨肉切成薄片，裹上薄薄一層麵粉，再與新鮮蔬菜、麵筋、蕈菇等食材一同放入高湯中熬煮而成。

這是一本八〇年代發行的食譜書，原本屬於她三年前、於七十五歲亡故的母親。在佳苗升上大學，開始獨自生活時，母親將這本食譜送給了她。「因為我已經不看食譜都會做了」，母親說。佳苗幾乎不曾打開過這本食譜，當時她經常外食，想煮的也是更簡單、更氣派、更新奇的料理，像綠咖哩、西班牙香蒜欖油蝦、塔布勒沙拉等等。當母親擔心她飲食是否均衡而打電話關心，她或許也說過一些囂張的話，像是「那本食譜的料理都太老氣了啦」之類的。母親說不定也聽得大為光火吧。

一直到結婚之後，佳苗才開始翻開母親的食譜。她發現，她只是想嘗試製作那些稀奇古怪的料理，但那並不是她真正想吃的東西。有幾道料理讓她特別懷念媽媽的味道，都在頁緣折了角，以便反覆翻閱。回想起這些往事，佳苗的嘴角也因笑意而有些鬆動。

她在餐桌上攤開書本，正想把食譜打進智慧型手機，才想起可以拍照，於是拍下幾張照片傳了過去。

「黏答答焗烤，請慢用」，佳苗這則訊息傳出去，立刻便收到回覆：「黏答答焗烤（笑）」希子今天休假嗎？接下來準備出去採買食材嗎？她回到二樓，繼續打掃。敞開的窗戶外面，是一整片放晴的天空。

到了晚上，手機響起LINE的通知聲。打開一看，是希子傳來的焗烤照片，上頭那層起司幾乎快從盤子裡滿溢出來。佳苗將智慧型手機轉向坐在餐桌對面小酌的悟，說：

「希子大廚做的黏答答焗烤。」

「哦，看起來很好吃。」悟一臉認真地說。雖然賣相不怎麼樣，不過——

「肯定是很好吃的。」佳苗說。因為這可是傳承三代的傳統滋味啊，她在心中這麼附加道。

她的便當

到了四月，聽說女兒希子終於開始負責新人漫畫家了。先前她一直都是和資深編輯一道拜訪元老級漫畫家，不過未來，這位漫畫家也會慢慢交接給希子負責。明明覺得女兒哭著說不想穿黑長褲、想穿裙子還是不久之前的事，聽見這方面的消息，身為母親的佳苗卻總覺得她已經是個比自己更出色的大人了。希子剛升上大學的時候、迎來成年禮的時候、進入出版社就職的時候，佳苗都覺得「這下子媽媽可以功成身退了」，不過直到現在，佳苗才終於體認到自己的任務已經真正結束。這分明是件美好的事，卻沒來由地給人一種力量逐漸流失般的落寞感。

「咦——好好哦，我倒是覺得很羨慕耶。」職場的午休時間，和佳苗一起打開便當盒的山口小姐這麼說。「我完全無法想像自己會有這樣清閒的一天……」

佳苗在一間發行地方情報誌的公司，以契約社員的身分工作。山口則是在三年前以正式社員身分進入同一間公司，她才三十幾歲，育有兩個小孩，一個國小低年級，另一個五歲大。她常說每天實在是太忙了，晚上總是像失去意識一樣睡死過去。儘管生活如此忙碌，山口卻每天都帶著精心製作、色彩繽紛的便當到公司來。其他員工會到外面吃午餐，不過佳苗和山口幾乎每天都在空蕩蕩的會議室裡，一起吃著自己帶來的便當。

「真的是這樣呢。我女兒還念國小的時候，我也覺得自己會這樣一路忙到老年，這一輩子都不可能練瑜伽、學插花了。」

「妳喜歡瑜伽和插花嗎？」

「沒有耶，完全沒興趣。」聽佳苗這麼說，山口向著天花板仰天爆笑，佳苗也忍不住笑了出來。那時無論學瑜伽、寫書法，什麼都好，只要能遠遠離開小孩、家事、工作，讓她擁有自己的時間就好。

「但我一直都覺得，山口妳的便當真的做得好漂亮。明明那麼忙碌，還能認真做便當真了不起，我每次都不小心看得入迷。小朋友應該都吃營養午餐吧？」

「我會在假日先做好食材包哦，所以平日什麼都不用做。」

「食材包？」

山口說，她懷第二胎的時候曾經訂購過宅配的快煮食材包。食譜上所需的食材都事先切好，和調味料一併分裝好，不必思考菜色就能迅速烹調。「不會失手，我先生也能煮，超方便的哦。」山口說。以前，佳苗也聽說過這種整組販售的食材包，不過當時覺得是給那些比自己更加忙碌的職場女性使用的，因此也不曾仔細了解過。

從佳苗上班處到自家附近的車站，搭電車要二十分鐘。現在是四月下旬，過了下午五點，外面仍然天光敞亮。坐在不怎麼擁擠的電車座位上，佳苗取出智慧型手機。

「但我後來發現，快煮食材包不一定要訂購，其實也可以自己做嘛！」午餐時山口這麼說。據她所說，快煮食材包從幾年前開始就掀起了一股小熱潮，網路上也開始出現製作教學，她便嘗試製作看看，發現其實一點也不難。

從此以後，在休假日先做好晚餐和便當用的快煮食材包，就成了她的習慣。

佳苗用智慧型手機查了一下，確實找到了許多食材包的食譜。心情輕飄飄地飛揚起來，幸福感使她滿心期待。哇，原來把事先調味過的肉類食材包，和蔬菜類、蕈菇類的食材包組合起來，就能變出這麼多種料理……佳苗想到了幾種食材，在腦海中將它們分成小份。發現電車抵達該下車的那一站，她才匆匆忙忙下了電車，前往車站大樓內的超市。

她挑了些春季蔬菜和生魚片類，放進購物籃，猶豫了一下要不要買剛才構思的快煮包食材，然後忽然回過神來，覺得有點好笑。現在的她不必加班，沒有需要費心照料的孩子，碰到丈夫悟要外出聚餐應酬的時候，她也只需準備自己一個人吃的簡單餐點就好。說到底，悟本來就愛吃外食，夫妻倆也經常在週末外出喝酒。她根本沒有忙碌到需要在冰箱裡常備快煮食材包的地步。

她只買了今天晚餐的食材，走在終於開始轉暗的市街上，往家的方向走去。回想起剛才那種期待感，那原來不是因為期待製作快煮食材包，而是嘗試新事物的興奮感。無論瑜伽、插花還是書法，現在自己要學什麼都可以了。

佳苗試著想像了一下，卻不像剛才那樣充滿期待。從前忙碌的時候從沒想過，擁有屬於自己的時間，原來是如此令人落寞的事情。落寞，原來是一種奢侈的心情啊。佳苗這麼想著，踏上歸途。

在一片寂靜的廚房裡，佳苗開始準備晚餐。智慧型手機短短響了一聲，一看是丈夫傳來的訊息，「我八點會到家」。佳苗洗了手，回覆他「我買了生魚片，日本酒就拜託你了」，丈夫立刻傳來一張豎起拇指的動畫角色貼圖。

今天加班的山口，差不多也該準備回家了吧？佳苗想起剛才回家前，山口叫住她的神情。佳苗姊，謝謝妳，山口突然鄭重其事地這麼說，佳苗於是問她，怎麼啦？「便當。」山口輕聲說。「謝謝妳稱讚我的便當，我很開心。」說完，她笑著又補上一句：「大概像是還能再努力忙碌十年那麼開心。」聽見這句話，佳苗不知怎地有點想哭，嘴裡咕噥著「哎呀，什麼話，太見外了」便匆匆回家了。

我也真的去嘗試學些什麼吧，像瑜伽或俳句之類的。一旦開始嘗試，肯定會立刻忘記落寞的心情，滿心都是期待吧。到了那時候，就換我跟山口說「謝謝」吧，佳苗如此想道。

那天造就的未來

打開廚房地板收納的櫃門，佳苗將裡面的東西一項項拿出來。能夠長期保存的調理包、罐頭，果凍飲和飲用水等應急食品，已放在裡面一段時間了。儲備應急糧食是她在東日本大震災之後養成的習慣，但現在裝滿收納櫃的食品是什麼時候買的，明明還沒過太久，她卻已經想不起來了。確認一下保存期限，微波即食的白飯已經過期，幾種咖哩調理包還能吃一、兩個月，冷凍乾燥的炊飯還能再放半年。佳苗將保存期限仍然充裕的食品放回原位，將已過期、即將過期的東西揣在懷裡，關上櫃門。

那一週的星期日，她加熱應急食品，做了一頓午餐。冷凍乾燥的味噌湯搭配炊飯，調理包咖哩盛進另一個盤子，只有沙拉是自己做的。

「這些保存食品買了也容易忘記，以後每年快到防災日[8]的時候，就把快到期的東西吃掉吧。」佳苗對丈夫悟這麼說。佳苗任職的公司會發放免費的地方情報誌，其中就有一篇這樣的報導，提醒民眾時常檢查家中儲備的應急食品，並定期替換。這個話題在編輯部掀起了一股小小的討論熱潮，有人從來不準備應急食品，有人在每年防災日更換，也有人像佳苗這樣，在某些契機下買了儲備糧食回家，卻只是一直收在櫃子裡。佳苗就是想起這回事，才去確認了保存期限。

「最近的調理包真好吃啊。」愛吃又不挑嘴的悟，無論吃到什麼樣的料理都從不抱怨。

第一次購買的冷凍乾燥炊飯和味噌湯，確實美味到令人嚇一跳。

「說起來，我們以前曾經連續吃了好多天的應急食品。」悟忽然笑了。

「在希子還沒出生，剛結婚沒多久的時候。」

「啊。」聽悟這麼說，佳苗也想起這回事。「不是剛結婚的時候，那是結婚之前。」

當時，佳苗才二十幾歲。在黃金週放連假之前，她忘了領錢，於是去找當時交往中的悟，想找他請吃飯，卻發現悟也沒領錢。二十幾年前，提款機在國定假日不會運作。佳苗家裡還剩下比較多食物，因此整個假期，兩人便一起吃著手邊的食物度日。煮一鍋飯，再開個鮪魚罐頭配飯，或煮成粥來食用。到了連假尾聲，他們連長期保存的乾麵包和羊羹都拿出來吃了。好像露營一樣哦，悟不知為何高興地這麼說。就是在這個時刻，佳苗確信，和這個人結婚一定能夠長久。

「那時候還真年輕。」佳苗喃喃說：「連那種事情都能樂在其中。」不對，是因為兩個人一起，因為和這個人在一起，所以才那麼快樂。

「和那時比起來，應急食品的進步還真是驚人啊。」

「哎，今年暑假，我們要不要去露營？」佳苗忽然靈光一現，這麼說道。

8 為了紀念一九二三年關東大地震，日本政府將每年九月一日訂為「防災日」（防災の日），提醒民眾預防地震災害的重要性，學校、企業及民間團體也會舉辦各種防災演練活動。

其實悟和佳苗都沒到戶外露營過，頂多只在希子還小的時候，到河邊或大公園烤過肉而已，兩人對戶外活動都沒什麼涉獵。到了快五十歲才第一次去露營，好像有點奇怪——雖然嘴上這麼說，但實際開始擬定計畫之後，卻意外地有意思。佳苗查了幾家適合初學者的露營場，在八月連假期間預約了位於那須的露營場地。

營區也有小木屋，不過機會難得，兩人還是買了一頂簡易帳篷。露營場提供烤肉用具組出租，炊事亭、廁所、盥洗室也一應俱全，也設有自動販賣機。附近有溫泉，還有道路休息站。露營場準備了披薩ＤＩＹ、獨木舟體驗等豐富活動，露營客有許多都是帶著年幼孩童的家庭。

悟和佳苗看著說明書組裝帳篷，在森林中散步、泡溫泉，回程在附近的道路休息站採買食材，然後借了烤肉用具組，趁著太陽還沒完全下山，著手準備晚餐。

「如果我們在希子還小的時候，有帶她來參加這種活動就好了。」雖然全家人每年都會一起出去玩，但他們還沒嘗試過這種體驗型的旅遊行程。看著小小孩興奮喧鬧的模樣，佳苗忍不住這麼想。

「哎呀，不過中年夫妻兩個人來露營，不是也別有一番趣味嗎。」

「話是這麼說沒錯。」佳苗笑了，這個人一直都沒變。她和悟吵過無數次架，有時也會覺得這個人真討厭，但佳苗心想，兩人現在還能彼此相伴、相視而笑，是因為當初的確信沒有錯。「如果和這個人結婚，一定能夠長久」的那種確信。

兩人喝著自己帶來的葡萄酒，烤著從休息站買來的蔬菜，然後烤貝類和魚類。天空從橙色轉為紫色，過不久便逐漸染上了深藍色，仰頭望去，已經有無數的星星在天上閃爍。食物的香味，和其他家庭烤肉的歡笑聲一併自周遭飄來。

「也烤點肉吧。」悟站起身，將剛才買來的牛排肉放上烤網。

「不刷烤肉醬喔，撒鹽巴吃才對。啊，紅酒也打開吧。」佳苗從行李中取出紅酒瓶，拔開軟木塞。

「露營好像比想像中簡單嘛，體驗真不錯。」悟喃喃自語，炭火照亮他的臉龐。

將烤肉用具收拾完畢之後，兩人洗完臉、刷過牙，在帳篷中雙雙躺下。時節明明才八月，四下卻傳來秋意濃濃的蟲鳴聲。才剛道過晚安，佳苗身邊卻立刻傳來輕輕的鼾聲。不曉得悟還記不記得他曾經說過「好像露營一樣，真有趣」那句話。

露營確實比想像中簡單，即使沒帶著小孩、不特別喜歡戶外活動，只是一對中年夫妻來露營，也一樣有意思。或許從今以後，我們會迷上露營也不一定。到了那時候，就找一天看著星空，告訴悟這件事吧。告訴他，是因為那一天才有了今天，因為有了今天，才有了今天以後的未來。佳苗不著邊際地想著，墜入了夢鄉。

各自的夢想

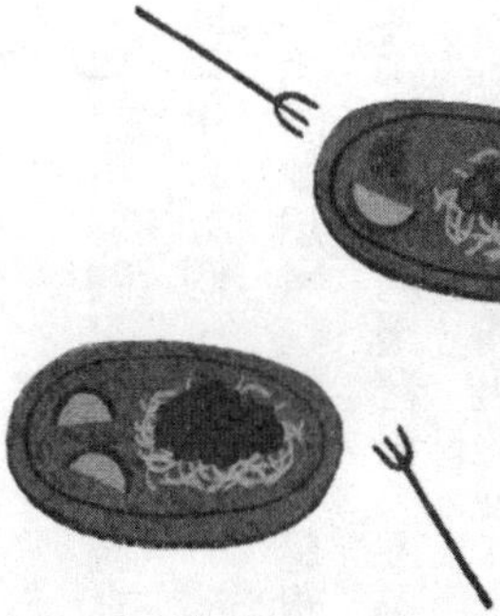

各自的夢想

在老師出的「未來的夢想」作文上，田口莉帆寫的是「海豚飼育員」。一年級的時候，她原本想當鋼琴家，但自從二年級暑假，和雙親一起參觀動物園時看了海豚秀之後，莉帆便改變了她未來的夢想。剛開始，母親相當反對她放棄鋼琴、改學游泳，理由是怕她養成半途而廢的壞習慣。不過，父親認為孩子想做什麼就該讓她放手去做，在父親贊成下，莉帆便從二年級的秋天開始到游泳教室上課。

「莉帆，妳要不要吃一半？」朝倉鈴從便利商店走出來，朝她遞來一個冒著熱氣的紙包。「這不是豆沙包，也不是普通的肉包子，是叉燒包哦。」

「咦，可以嗎？」莉帆吞了吞口水，姑且問了一句。

「可以、可以。」小鈴一如往常地說道，將叉燒包分成兩半，遞出一半給莉帆。兩人並肩走在路上，大口吃著溫熱的包子。

「叉燒好好吃。」莉帆喃喃說。

「在家裡做叉燒肉的時候，就可以把它做成叉燒包了耶。」小鈴說。

「咦，叉燒肉自己在家就可以做嗎？」

「可以呀，很簡單哦。可是要做出這個包子皮，可能比較難。」

莉帆和小鈴是在游泳教室認識的。小鈴和莉帆一樣是國小五年級，住在同一條電車路線上。她念的是一路直升高中的私立學校，未來的夢想好像是當奧林匹克選手，但她無論哪一個項目游得都不算特別快。而且小鈴很有錢，回家路上總是在便利商店買些「有分量的點心」，大方分給沒有零用錢的莉帆吃。父母為了防止莉帆亂買東西吃，沒有發零用錢給她。

「在『未來的夢想』作文上，我寫說我想當海豚的飼育員。但是在那之前，我的夢想是自己一個人住，然後每天吃肉。感覺這好像才是我真正的夢想。」莉帆邊吃叉燒包邊說話，氣息也泛起白霧。莉帆的母親不愛吃肉，雖然沒到對肉過敏的地步，但即使只吃一點，也會說她「胃脹不舒服」，所以莉帆家的餐桌上總是只有魚類和蔬菜。唯有在星期天，父親偶爾下廚的時候，能在炒麵或咖哩中吃到肉，但也必定是雞肉。長大以後，我想成為一個能輕鬆做出叉燒肉的人，莉帆深切地這麼想。

「不然妳不要養海豚了，開燒肉店怎麼樣？」小鈴乾脆地這麼說道，把莉帆嚇了一跳。

「燒肉店啊！可是，燒肉店老闆可以每天吃燒肉嗎？」莉帆沒去過燒肉店，所以完全不清楚開店的都是什麼樣的人。

「等到餐廳打烊以後就可以吃吧？啊，不過妳還是不要把這個當作夢想好了。如果妳要開燒肉店，不就不需要學游泳了嗎？莉帆，我想一直跟妳一起游下去。」

「我也一樣呀，不會放棄學游泳的。」

車站出現在視野之內。車站附近一帶開著許多速食店和餐飲店，其中也有燒肉店。莉帆吞下最後一小塊叉燒包，開始正經八百地思考該怎麼做，才能在當海豚飼育員的同時經營一間燒肉店。

新年，田口莉帆第一次踏入燒肉店。

她家每年元旦都在自家度過，正月二日、三日則回祖父母家過節。大部分時候，二日都是回大宮的外公外婆家，三日則是回宇都宮的祖父母家，然後在宇都宮住一晚。

回祖父母家時，莉帆的兩個堂哥——父親哥哥的小孩，分別是念高中的龍太和念國中的光貴——非常抗拒地吵著說他們不想再吃年菜，想吃燒肉，因此全家一共九個人便去了燒肉店用餐。

「我這輩子居然都不知道有這麼好吃的東西，感動到快哭出來了。」

上完游泳課，走向車站的路上，莉帆分食著小鈴買的「雞塊君[9]」，聊著正月過年的話題。現在還是一月中，正月的過年氣氛卻已從商店街消失得無影無蹤，大人們行色匆匆地走向車站。

「那妳想開燒肉店了嗎？」小鈴問。小鈴年假期間好像去了沖繩。

9 からあげクン，日本超商 LAWSON 販賣的一口大小炸雞塊。

「可是，如果等到餐廳打烊之後才能吃燒肉，那要把肉端到客人桌上感覺好痛苦哦。所以我在想，我可以當海豚飼育員，然後跟開燒肉店的人結婚就好了吧。這樣每天回家都可以吃燒肉。總而言之，我不會放棄游泳的。」

「如果是我的話，想吃的就是麻糬了。」小鈴說著，將雞塊君的空盒放進超商塑膠袋裡。

「麻糬，是白色的那種麻糬嗎？」

「雖然我的夢想是當奧運選手，但就和莉帆妳一樣，還有另一個真正的夢想。那就是等到我變成退役選手之後，我就要每天每天、每天每天都吃麻糬過日子。不是和開麻糬店的人結婚，而是自己做麻糬，每天都吃得到各種不同口味的麻糬。」

「各種不同口味……」莉帆實在太驚訝了，呆呆地重複了一次小鈴的話。她從來不知道小鈴原來這麼愛吃麻糬，倒不如說，她從來沒想過世界上還有愛吃麻糬的人。「常見的有包海苔的磯邊口味、蘿蔔泥口味，不過麻糬跟起司也很搭，配美乃滋、配番茄都很好吃。甜的口味也不只有豆沙，還有焦糖或巧克力之類的。沖繩的麻糬是我第一次嘗到的陌生味道，但我也很喜歡。」小鈴呼著白色的氣息說。「退役之前怕胖，不能吃太多麻糬吧？所以先把想吃的心情累積起來，等到退役之後再一直吃麻糬。」

莉帆帶著尊敬的眼神看向小鈴。她從以前就覺得小鈴真的好厲害，說起麻糬，莉帆只聽過年糕湯、紅豆年糕湯、磯邊燒這幾種吃法。而且最重要的是，小鈴不追求和開麻糬店的人結婚，而是想自己製作麻糬，總覺得這比自己的夢想還要更加帥氣。

「小鈴，以後我們升上國中，也要繼續學游泳哦。為了將來能夠一直吃麻糬，一起加油吧。」

抵達車站，兩人在月臺道別時，莉帆這麼對小鈴說。小鈴笑容滿面地點點頭，朝對面的月臺邁開腳步，回頭向她揮了一次手，便跑遠了。

她的戀情和麻糬福袋

從游泳教室回家的路上，朝倉鈴每次都會順道走進便利商店，買些叉燒包、炸雞塊這類有點分量的點心，大方分給田口莉帆一起吃。游過泳之後，肚子總是餓到心情都變得暴躁起來，因此儘管感到抱歉，莉帆內心還是期待著小鈴買零食來和她分享。

可是，那個二月天，小鈴卻從便利商店門前直接走過。

「咦？」莉帆不禁出聲問她：「妳不進去嗎？」話一說完，才擔心這樣聽起來好像要求小鈴請客一樣，趕緊補上一句：「啊，我不是那個意思……」

「我決定要減肥。」小鈴回頭瞄了身後的便利商店一眼，說：「所以不吃正餐以外的點心了。」

「減肥！」莉帆驚訝得大喊，被小鈴瞪了一眼。「可是小鈴，妳一點都不胖呀，不需要減肥啦。」

「因為我有喜歡的人了。」小鈴把半張臉埋進脖子上繞了好幾圈的圍巾裡說道。「所以我想瘦下來，變得更好看，變成不會亂買零食吃的人。」

「妳喜歡的人是誰？游泳班的同學嗎？」莉帆嘗試回想游泳教室裡同班的那些男生，但想不出有哪個男孩子值得小鈴喜歡。

「這件事我沒告訴過任何人，但我不希望我們之間有秘密，所以就跟妳說吧。」小鈴並未停下腳步，繼續往前走著，表情看起來心事重重。「是安德魯老師。我從一月開始到英語會話教室上課，安德魯就是那裡的老師。聽說他去年剛從澳洲搬來日本。」

莉帆想說些什麼，卻找不到恰當的字句。周遭有好多大人踏著急匆匆的腳步走向車站，總覺得小鈴好像也會走入那些人群當中，忽然快步離自己遠去，莉帆頓時感到心急。

「那個人知道麻糬是什麼嗎……」莉帆喃喃這麼說，她想起了小鈴未來的夢想。上個月才剛聽小鈴說過，她想要每天自己做麻糬吃。但外國人會不會不吃麻糬呢，莉帆開始擔心起來。

「麻糬這麼好吃，他應該會喜歡吧。雖然要他接受納豆麻糬可能有點困難，但我覺得安德魯是個懂得尊重異文化的人。」

莉帆再也說不出話。在月臺上和小鈴道別之後，她獨自搭上擠滿大人的電車。異文化，安德魯，澳洲。英語會話教室。戀愛、戀愛、戀愛——小鈴那些話語的片段在腦袋裡團團打轉，她覺得提起麻糬的自己像個笨蛋。

在國小班上，誰喜歡誰的話題也不絕於耳，但莉帆總覺得，小鈴的戀情和那種喜歡完全不一樣。小鈴是認真的，那是大人的戀愛，所以她再也不會買那些有分量的零食了。兩個人一人一半地分享著叉燒包或雞塊君，一起邊走邊吃的那些日子，回想起來好像無比遙遠，卻又無比令人心滿意足。咕嚕嚕，肚子悲傷地叫了一聲，莉帆覺得好想哭。

在桃之節句[10]將近，氣溫仍然寒冷的一天，小鈴忽然像先前什麼事也沒發生過一樣，自然而然地走進便利商店。咦？咦？沒關係嗎？莉帆這麼想著，還是跟在小鈴後頭走進店裡。超商裡開著暖氣，聞得到關東煮高湯的味道，雜誌區有幾個大人站在那裡翻閱報刊。小鈴筆直朝櫃檯走過去，說：

「我想買關東煮。嗯……我要雞肉丸、什錦豆腐丸，還要蒟蒻球、香腸捲……」說到這裡，她回頭看向莉帆。「妳要吃蛋嗎？」確認她說要，小鈴便下定決心似的說：「那我要兩顆蛋，還有、還有、還有……麻糬福袋！」

跟店員拿了兩雙筷子，兩人站在便利商店的門口旁邊，一起分食冒著熱氣的關東煮。兩週前，小鈴才剛宣告她不再買點心吃。

「這樣沒關係嗎？那個，減肥……」莉帆戰戰兢兢地問。小鈴說要把香腸捲給她吃，於是她心懷感激地夾起它。滋味好吃到令人陶醉，身體從內到外暖和起來。

「關東煮熱量比較低，所以我想應該可以吃吧，而且人家都說，風寒是女人的大敵嘛。蒟蒻球我吃掉囉。」

10 桃の節句，即三月三日女兒節（雛祭り），又譯為桃花節、人偶節等。

「小鈴，謝謝妳總是把點心分給我吃。雖然我沒有零用錢，沒辦法回送妳什麼東西……」

「沒關係、沒關係，不用介意。比起一個人自己吃，還是兩個人一起吃更好吃呀。」

「安德魯老師還好嗎？」

「一切都好哦。我上的那間英語會話教室，每一次上課的老師都不一樣，所以也不是每週都能見到他就是了。不過我覺得，這樣子戀愛反而能細水長流吧。」小鈴講話還是這麼成熟，莉帆以敬佩的眼神望著她。小鈴大口咬下蒟蒻球，問莉帆說：「莉帆，妳沒有喜歡的人嗎？」

「沒有呀，我們學校的男生都幼稚又低級，游泳課班上也沒有帥氣的男生……」

「不過戀愛嘛，大家總是突然墜入其中的，所以不用心急哦。」小鈴以筷子夾起麻糬福袋，帶著和這句話截然相反的孩子氣表情盯著它瞧了一會兒，下定決心似的張大嘴巴咬了一口，然後動著嘴巴咀嚼。「啊——！」她仰望天空，呼出一大口白茫茫的氣息吶喊：「好好吃！麻糬好好吃！剛才雖然有點猶豫，但幸好我還是買了麻糬福袋！」她說著，笑容滿面地看向莉帆。

小鈴成熟懂事，已經懂得談戀愛，暗戀安德魯老師，還會說「風寒是女人的大敵」這種話，莉帆總覺得她好像一天天離自己越來越遠。此刻卻忽然體認到這樣的小鈴也和自己同樣是十一歲女生，莉帆心裡開心起來。

「升上六年級之後，妳也不會放棄游泳吧？」莉帆確認似的問。

「怎麼可能放棄，我還要成為奧運選手呢，英文也是為此才開始學的。」

小鈴說著，兩人對看一眼，然後從容器裡各自夾起了一顆蛋。

回家路上的時光

那天，田口莉帆的心情非常消沉，但無論在學校，還是在放學後的游泳教室，她都努力表現得活潑開朗，不讓任何人發現自己內心沮喪。即便如此，朝倉鈴似乎還是察覺了一些端倪。

「回家路上的點心，妳有沒有什麼特別想吃的？」她一邊走向更衣室，一邊不著痕跡地這麼說，似乎有意鼓舞莉帆。

「小鈴，謝謝妳……」莉帆感到想哭。「妳不用特別問我啦，平常真的很對不起。」

其實昨天，莉帆因為晚餐的事和母親吵了一架，一氣之下把小鈴總會在回家路上請她吃東西的事說溜了嘴。昨天晚餐吃梅煮沙丁魚，前天吃鱈魚鍋。我想吃點別的——像是漢堡排、焗烤、炸豬排這些美食，就是因為天天吃這種老奶奶吃的食物，所以我的初經才一直不來，所以小鈴才會買點心給我吃——莉帆長久以來壓抑的情緒一口氣爆發。

令她大吃一驚的是，母親居然氣到哭了出來。不是因為食物或初經的問題，而是因為莉帆長期讓小鈴買點心給她吃，對母親來說，這好像是件絕對不可饒恕的事。母親甚至說不讓她再去上游泳課了，莉帆聽了也哭著說不要，堅持不肯讓步。唯有父親不知所措地勸說「妳別這麼生氣」、「莉帆也有不對」，堅守著中立的立場。

莉帆一邊換衣服，一邊道出事情的來龍去脈。

「所以從今天開始，我就不能吃點心了……」莉帆和母親這麼約定好，母親才答應讓她繼續上游泳課。

一走出門口，莉帆便看見擋在前方的人影，嚇得停下腳步。是她的母親。

「妳好。妳就是小鈴吧？聽說妳一直買點心分給莉帆吃，真的很對不起。」母親朝著小鈴深深鞠了一躬。學童們從游泳教室裡吵吵鬧鬧地走出來，毫不理會站在原地的三人，徑直往車站走遠。

「請別這麼說，只是我擅自買給莉帆吃而已，對不起。」小鈴毫不怯場地說道，低頭行了一禮。

「阿姨還想向妳媽媽致歉，也說聲謝謝，能告訴我妳媽媽的聯絡方式嗎？」莉帆的母親這麼說。

「沒關係，您不用這麼客氣。那我就先失陪了。」小鈴再一次低下頭，瞥了莉帆一眼，便小跑步離開了現場。母親目送她離開，然後說「莉帆，我們去家庭餐廳吧」，不等莉帆回答就邁開了腳步。

母親說她想吃什麼都可以，莉帆於是戰戰兢兢地點了義大利肉醬麵和奶油可樂餅，母親則點了海鮮丼和啤酒。

「莉帆，媽媽也有不對。但是媽媽不希望妳做出伸手向別人討食物這種事情。」點餐的店員離開之後，母親帶著思慮凝重的表情這麼說。

「對不起。」莉帆道著歉，一面回想起和小鈴兩個人吃著雞塊君、叉燒包，一起走過的那些數之不盡的歸途。那段時光是多麼幸福。

星期日白天，小鈴居然在自己家裡，莉帆真不敢置信。父親和小鈴並排坐在客廳打遊戲，莉帆坐立難安，在客廳和母親所在的廚房之間毫無意義地往返。今天的菜色是章魚番茄沙拉、培根蘑菇焗烤，以及加了肉丸子的義大利麵，豐盛到她以前想都不敢想。

一開始是母親說想好好向小鈴表達感謝，因此希望莉帆找她來家裡玩。針對讓小鈴請客這件事情，莉帆被苦口婆心地訓了一頓，但自從那天以後，餐桌上莉帆愛吃的東西也逐漸變多了。母親還是說她容易胃脹，總是只吃清淡的料理，不過她開始增加一、兩道為莉帆和父親準備的菜色。

「好厲害——！好豐盛的大餐哦，我開動了——」小鈴在餐桌旁就座，誇張地讚美道。

「小鈴，妳家那麼有錢，一定都吃更豐盛的大餐吧。」莉帆聽得不好意思，於是這麼說道。小鈴卻睜圓了眼睛，擺著雙手說：

「我們家餐桌上才不會有這麼多道菜。我媽媽都只裝成一——大盤，說這是咖啡廳風格。最近我媽媽最熱中的是直接整個平底鍋端上桌的料理，像雞肉、一整條魚之類的，再把蔬菜一起放進去，一整鍋直接上菜。」

「咦——這也太棒了吧，我下次也來試試。小鈴媽媽真是太天才了。」

「她是偷懶的天才。」小鈴不怕生也不畏縮，莉帆的父母聽見這句話都笑了出來。

「我還小的時候，也覺得在冬天上完鋼琴課回家的路上，買鯛魚燒吃好幸福哦。」大家吃著小鈴帶來的水果塔當點心的時候，母親忽然這麼說。「當然，大人說過不准買，所以我都偷偷買來吃。瞞著大人偷偷吃，才特別好吃呢。」

「什麼嘛，那妳還那麼生氣。」莉帆忍不住尖聲挖苦。

「我生氣的重點是，妳讓小鈴買東西請妳吃。」

「那還不是因為我沒有零用錢。」莉帆說。

「是我自作主張買的。」小鈴也同時出聲。

「今天就先別提這件事了吧。」父親說道，母親聽了也道歉說「說得對，抱歉」。

吃完之後，就帶小鈴到自己房間，問問她和安德魯的戀情進展得如何了吧，莉帆吃著放滿豐富水果的水果塔心想，腦海中浮現出自己和小鈴吃著便利商店買來的點心，邊走邊談論戀情和未來的身影。她嘗試把素未謀面的、念國小的母親也加入其中，卻有點難以想像。國小時候的母親，會說她長大之後有什麼夢想、想做些什麼呢？總覺得她不會說想要結婚當媽媽。

長大之後要一個人住，要參加奧運，要和燒肉店的老闆結婚，要盡情大吃麻糬……長大成人之後想做的事有好多好多。可是再等一下下，那些夢想稍微再等一下下再實現，或許也很好，莉帆心想。

第一次搬家

第一次搬家

在此之前，石田園花想一個人搬出去不曉得想了多少次。但隨著真正搬家的日子逐漸接近，她卻越發不想離開自己出生長大的家。

自從確定考上大學之後，園花便和母親一塊上東京，四處看了幾間事先在網路上預約看房的房子，最後挑中一間距離ＪＲ車站徒步十五分鐘的共居住宅，做為園花的新居。這棟三層樓高的共居住宅，共有三十五戶附有獨立衛浴的套房，設有公用的廚房、餐廳、洗衣間、交誼廳。有些畢業生已經從共居住宅搬走，園花和母親一起參觀過空出來的房間之後，便決定選擇這裡了。

當天見到的大學生住客感覺都很友善，也有人告訴園花「這裡住起來很舒適哦」，園花於是夢想著閃閃發亮的新生活回到老家。然而，到了搬家前一個禮拜，她便開始胡思亂想：肯定也會遇到合不來的人吧，不對不對，說不定大家都相處融洽，只有我一個人無法融入他們也不一定，而且男學生也住在同一棟房子裡真的好嗎，假如遇到調皮搗蛋的男生……園花滿腦子冒出的都是負面想法，陷入了前途一片渺茫的心情。

自從敲定搬家之後，每天一到準備晚飯的時間，母親總會把園花叫來，教她一些只用微波爐就能烹調的菜色，或是缺錢時派得上用場的省錢食譜。

搬家前的星期日，正在整理房間的園花在母親呼喚下來到廚房。

「今天就決定吃麵包了。」母親說著，吩咐她去洗手。

園花也做過簡單的手撕麵包，但母親卻說「這個比手撕麵包更簡單」，將材料一項項裝進塑膠袋。「隔著袋子揉麵團，讓它發酵，再用平底鍋烘烤一下就完成了。所以呀，在繳不出瓦斯費、沒瓦斯可用的時候，只要有卡式爐和平底鍋就做得出麵包，不用怕挨餓哦。」

「咦，繳不出瓦斯費……那我的生活費……」

「家裡會給妳生活費啦，哈哈哈。」母親愉快地笑道：「比方說公用廚房太擁擠的時候，也能派上用場呀。」

「對哦，說得也是。」園花邊說邊從母親手中接過塑膠袋，著手搓揉麵團。但一想到自己獨自窩在房間，用卡式爐烤麵包的情景，眼淚便自然而然湧上眼眶。「我不想要一個人在房間裡烤什麼麵包……」

「咦，媽媽念書的時候，還一個人開個一百圓的鯖魚罐頭，淋著醬油吃呢。哎呀，真想再體驗一次那種自由的感覺。」

「什麼意思，那是快樂的回憶嗎？」園花嘗試想像一個人獨自在房間，打開鯖魚罐頭直接食用的畫面，卻只覺得那景象寂寞又淒涼。

「那當然啊！沒有比那更快樂的事了。這方面妳爸爸更神勇哦，吃過奶油白飯、香鬆義大利麵……剩下的妳自己在餐桌上問他，他肯定說到停不下來，雖然全都是小孩子不宜模仿的菜色就是了。」聽母親這麼說，園花不禁心生不安地問：「今天晚餐應該不是只吃這個麵包吧？」母親再一次豪邁地大笑起來。

向那些和她同樣從春天開始搬出去一個人住的同學打聽一下，選擇住在共居住宅的新生還不少，不過共居住宅似乎也有各種形式。有些完全不干涉房客，就像住在公寓一樣，也有些是包含社會人士在內的多位室友，一起在獨戶住宅裡共同生活。

石田園花從三月底開始居住的這棟共居住宅僅限學生入住，裡面住著念不同大學的男男女女，會舉辦新生歡迎派對，也有賞花野餐活動。當然不是所有人都會參加，不過，和園花念同一所大學的大三生告訴她：「這裡大家的感情都很好，妳很幸運哦。」

剛搬來的時候，一切的一切都和從前大相逕庭，園花無論做什麼事都提心吊膽。站前商店街的熱鬧活力和擁擠人潮都令她大吃一驚，就連和老家附近同系列的連鎖餐飲店，她都沒有勇氣踏進店門。無論是擠沙丁魚般的滿員電車，還是路邊發放的傳單和面紙數量，總之全都教她驚訝個沒完。

不過，當她陸續參加共居住宅舉辦的各種活動，和大學裡交到的朋友一起吃過幾頓飯之後，這些都逐漸變成了日常。她還是不敢涉足最繁華的澀谷和六本木，但已經能把大學和住家周邊當成自己的生活圈，漸漸知道哪家麵包店的麵包最可口，哪間咖啡廳的甜點最令人食指大動，哪裡可以買到既便宜又可愛的生活用品。不必每天都認真自炊，和朋友一起去吃些平價的定食和速食，經濟上也不會有太大的問題。從小到大，園花除了節慶活動之外都吃母親親手製作的料理長大，對她而言，牛丼、迴轉壽司、漢堡全都新奇又時尚，都是讓人垂涎三尺的美食饗宴。

過了三個月左右，包含園花在內的三名新生，開始參加四位住在這裡的學長姊一起舉辦的「晚宴社」。這是每週一次，每人各帶一道菜餚來共進晚餐的簡單集會。大家會猜拳決定該次的「大餐主廚」是誰，大餐主廚要負責攜帶主菜——這就是晚宴社唯一的規矩了。其他社員則負責準備配菜，可以是炒豆芽菜、蒸馬鈴薯，無論多偷懶的菜色都無所謂。母親教她的那些步驟簡單又省錢的料理，在這方面幫了園花不少忙。每次聚會，成員們豐富的點子和創意總是讓園花驚訝得合不攏嘴。

這一次園花負責當大餐主廚，正巧她從黃金週前開始打工，最近剛發薪，於是心一橫買了整塊的豬里肌，用電鍋煮成簡單的叉燒豬肉。

在公用廚房的一角，七個人圍坐在桌邊，一起吃著大家帶來的料理。園花做的叉燒豬肉大獲好評，一群人吃著同伴們做的韓式蔥煎餅、涼拌高麗菜、鹽漬昆布義大利麵，吵吵鬧鬧地聊著天。幸好自己過的不是一個人在房間用卡式爐烤麵包的日子，園花鬆了一口氣，但同時也心想，真想體驗看看母親口中那種「自由的感覺」。

第二次搬家

石田園花實在太捨不得這裡了，原本想等到最後一刻再遷出，但最後，她還是決定在畢業典禮前一週，搬出這棟學生專用的共居住宅。那陣子各所大學紛紛放榜，許多新生會在前來看榜時順道尋找房子、簽下租約。對於新生來說，空房間想必更方便參觀，因此園花便決定在那之前搬家。

園花簽下新租約的屋子，是距離民營鐵路車站徒步七分鐘的新式公寓，一房一廳附廚房的格局，門上裝設自動鎖，屋齡也還很新。她從四月起準備到一間教材製作公司任職，從新家門口到踏進公司不用三十分鐘。新居條件明明相當不錯，要搬離共居住宅卻讓園花落寞得不得了。

二月的最後一個星期六，大家準備為即將搬離的房客舉辦送別會。算上園花，即將搬出共居住宅的畢業生一共有四個人，這四位主賓不必幫忙準備，只要在傍晚六點送別會開始時，到餐廳報到就可以了。

「今天，大家好像正在一起揉麵哦。」辻萌花一邊幫忙園花打包房間裡的東西，一邊這麼說。「聽說要仿照隨意丼，做成『隨意麵』，大家可以隨喜好把配料放在麵上吃，配料也準備了好多種。」

「說到隨意丼，我們一群人去青森的時候還一起吃過呢，當時剛好回鄉探親的中村還開車幫我們導覽。」

「我真沒想到中村是個優等生耶，他好像進了貿易公司？接下來準備搬到惠比壽吧。」

「那傢伙就是愛耍帥。中村說他要買酒來，要是像先前那樣買了廉價葡萄酒，我們再好好嗆他。」

這四年間，每年都有畢業生搬離、新生遷入，這裡的房間永遠客滿，也不知為什麼，大家的感情好得不太尋常。從春季的賞花會開始，每兩、三個月就會舉辦一場歷代傳承下來的活動。當然，不愛與人互動的住客不會參加，但無論哪一場活動都有八成左右的出席率，園花幾乎從不缺席。「晚宴社」

的活動現在仍然持續，在園花搬離後也會繼續舉辦下去吧。如同雙親所說的那樣，他們也因為缺錢而發明出一大堆奇形怪狀的餐食，不過每次身邊都有人一起吃，所以總是美味得令人驚訝。這棟房子的住客來自全國各地，拜此所賜，也能享用到他們父母寄來的罕見食材。在園花第一次和戀人交往，又不到一年就被甩掉的時候，也是萌花和現在已經搬出去的學長姊們，陪著她一起去吃甜點洩憤。她在這間共居住宅裡的生活，反而比起讀書考試、比起大學裡的社團活動都更加充實。

「萌萌，我不想要搬家啊。」一面將教科書和參考書分為保留與丟棄兩類，園花還是忍不住發出泫然欲泣的聲音。

「我也一樣不想啊！」萌花正拿報紙把為數不多的碗盤和日用雜貨包裹起來，聽了也停下手邊工作，聲音悲痛地說。「沒辦法啊。我們的青春第一季已經結束了，一起為第二季加油吧。」

從公用廚房裡，傳來學弟妹們揉麵的歡笑聲。

「第二季的快樂，肯定也不輸我們在這裡的生活。」萌花以不輸給笑聲的音量這麼說。

習慣了支配房間的寂靜，以及如何安排無所事事的時間之後，一個人生活確實也不賴——石田園花開始這麼想，是在她搬出共居住宅之後過了一個半月，黃金週來臨的時候。大約一星期之前，她剛結束社內研習，被分派到市場行銷部門，工作方面還遠遠稱不上習慣，不過她靠著電子郵件或LINE保持聯絡的那些同屆同學，情況似乎也都大同小異。

剛搬出來的時候，園花有時會下意識想在共居住宅的那一站下車，有時會思考該帶什麼料理參加「晚宴社」，自己也感到驚訝。每一次她總要告訴自己，不對不對，我已經搬家了，現在是第二季了，說完又感到一陣寂寞。不過，到了最近，思考該在影音平臺上看哪一部連續劇、該用哪一種沐浴鹽，想著這些小事回到屬於自己一個人的屋子，終於開始成為她小小的樂趣。

她和同屆同學們一塊去喝酒、看電影，上美髮沙龍，度過了黃金週。到了假期最後一天，沒有任何安排的園花忽然心血來潮想煮些講究的料理，於是騎著腳踏車一一走訪附近的超市和食品店。在肉品店買了便宜牛肉塊，再買了蔬菜、葡萄酒，心情也飛揚起來，於是她又買了花，再買了幾個碗盤，大包小包地回到自家。打開窗戶，播放音樂，她開始認真做起料理來。

共居住宅在黃金週總會舉辦各種豐富的活動，野餐、烤肉，還有電影鑑賞會，以及「名品糕點品鑑晚會」，專門品嘗室友們回老家時買回來的土產。短短一年前，園花還積極參加這些活動，現在卻懷念得教人哀傷。不過，當時也沒辦法像現在這樣，一個人占領廚房，做些耗時的料理，園花將肉和蔬菜放進鍋中心想。準備好配菜，她將爐火轉成小火，看著一週前剛開始追的泰國連續劇，一邊用瑜伽球做運動。陽臺外側的天空緩緩染上橙色，自角落開始漸次轉為粉紅。多美呀，園花將視線從連續劇轉向那片天空，一時看得入神。這是第一次，她想，搬到這裡來真是太好了。

小火慢燉的紅酒燉牛肉大獲成功，點綴擺盤的馬鈴薯泥和炒菠菜也都做得不錯。買的雖然是便宜葡萄酒，不過配上燉牛肉，滋味溫潤順口，又富有層次。儘管沒有共居住宅的笑聲，也沒有互道「好好吃」的聲音，園花仍然深深感到幸福。不久前還映著晚霞的窗，現在已染上淡淡青色。

也買個正式一點的紅酒杯吧。為了朋友、或者未來可能會交往的戀人來訪的日子預作準備，再買齊一些碗盤和餐具或許也不賴。這麼一想，心情也期待起來。第二季青春，確實也滿快樂的吧。

「啊，忘記拍照了。」園花下意識自言自語：「好吧，算了。」她忽然覺得，為了展示給別人看，而拍攝美食或甜點照的習慣，好像也可以戒掉了。

最後一次搬家

石田園花的父親史弘，在她年滿三十歲之後隔年的夏天逝世了。

父親不愛看醫生，長期對母親和園花隱瞞自己健康狀況欠佳的事實，等到他終於上醫院看病，便被醫生宣告罹患了第四期的癌症，只剩下半年壽命。不過，那之後過了七個月，父親儘管稱不上活蹦亂跳，但仍然堅持著與病魔對抗，因此母親和園花內心一隅，都覺得父親或許並不會真的死去。彷彿等待梅雨放晴似的，七月將盡時，父親在一個晴朗的日子離世，享壽六十八歲。

園花請了一個星期的喪假回到老家，在葬禮之後幫忙收拾家裡。除了協助設置靈位之外，她也幫忙整理父親的個人物品，有些按照母親的判斷處理掉，有些則分送給父親的友人做紀念。

「妳爸爸已經搬到天上去了，這間房子我一個人住又嫌太大，所以我也打算搬家了。」在兩人獨坐的餐桌上，母親這麼說。

醬煮魚、涼拌夏季蔬菜、冷豆腐、味噌湯，看著餐桌上質樸的菜色，園花忽然想起自己準備搬出這個家時的情景。母親教了她許多簡單料理，還教她怎麼用塑膠袋做麵包，當時才五十幾歲的父親和母親競相炫耀著自己求學時代的貧窮食譜，同聲大笑。她一方面期待離開家獨自生活，同時又被強烈的不安壓得喘不過氣。

「搬家……妳想搬到哪裡？要來東京嗎？可以跟我一起住，或者在我家附近租間公寓。」園花說。

「都這把年紀了還要我住東京，別開玩笑了，而且我的朋友和親戚也都在這一帶。我想搬進高齡友善的養老公寓去住。」母親說著，一邊喝著餐後的茶飲，一邊將她收集來的養老公寓小冊子攤放在桌上。有些設有餐廳，有些設有電影室；有些住宅在自己屋內就有廚房，有些公寓則是共用廚房。就像我第一次搬進的那間共居住宅一樣，園花心想。

「這間看起來不錯耶，共用廚房、共用起居室，感覺很歡樂呀。」

「可是，也有可能遇到合不來的人……」母親說道。我好像也跟母親煩惱過一模一樣的問題——搬家和人際關係永遠是一場賭博，園花心想。離開那棟共居住宅，搬進民營鐵路沿線的一房一廳公寓之後，園花又搬了兩次家。她喜歡每一個新家，感覺卻都不像她落地生根的最終歸宿，未來應該還會再遷居許多次吧。

「爸爸是最後一次搬家了呀，希望他搬到一個好地方……」園花喃喃說。

「當然是好地方囉，要是不夠好，那得叫他在我搬過去之前好好整頓一下居住環境才行。」

「不要說這種話啦。」園花不禁板起臉這麼說。父親才剛離世，她還不願去想母親離開的事。但母親卻開朗地笑著說：

「哎呀，妳總有一天也會搬過來呀，到時候我們全家人還要一起吃飯喲。」聽她這麼說，縱然園花的悲傷尚未平復，但心情稍微舒緩了一些，於是也跟著笑了。

母親搬家，意味著要搬離他們住了三十年以上的房子，過程想必相當艱辛，石田園花也做好了這方面的心理準備，結果沒想到不算太費事。距離父親逝世已過了一年，母親在這期間幾乎處理掉所有多餘物品，至於園花的相簿和作文、繪畫、美勞作品，則一一詢問她是否需要保留，園花說要留下的東西都寄送到了她的公寓來。拆除住家、出售土地的事宜，也是由母親一個人洽談。

母親遷往的養老公寓距離車站很近，格局是一房一廳，設有簡單廚房，不過公寓內部也有餐館。母親似乎使用了搬家公司的「單身搬家服務」搬運行李，園花說要去幫忙，她也回絕說「沒有這個必要」。

由於上述原因，園花一直到盛夏時節，遷居事宜全都安頓好了，才初次拜訪母親的新居。和母親一起在盂蘭盆節掃完墓，兩人一道前往母親居住的新式公寓。

母親有幾分得意地帶她去參觀健身房、音樂室、電影室，這裡的設施豪華氣派，園花一路上驚訝得合不攏嘴。與她們擦肩而過的居民向母親打招呼，母親也向他們介紹自己這個女兒，和睦的氣氛令她鬆了一口氣。

母親的住宅收拾得乾淨整潔，在老家看慣了的壁面掛畫、餐具碗盤，看上去彷彿也被賦予了新生。一個人展開獨居生活的母親，感覺不再像自己的母親，反而像忘年的朋友一樣，這讓園花感到很不可思議。母親住在五樓，從陽臺能一眼望見底下的市街，以及手牽著手般連綿不斷的山脊。一想到母親每天早晨都一個人起床，一個人看著這片群山，園花心裡便有點哀傷，哀傷之餘又有點羨慕，是從未體驗過的複雜心情。

「大學畢業要搬家的時候，朋友告訴我說，我們的青春第二季接下來才要開始。媽媽妳也是，雖然可能稱不上青春，但也是個新的開始呢。」

「哎呀，青春很不賴啊，我差不多是青春第三十季吧。有人邀請我加入合唱團，我正考慮要加入呢。不是還說這裡有麻將室嗎，聽說打麻將對預防癡呆很有幫助，我也來學一下好了。早知道應該跟妳爸爸學的。」

母親在小小的廚房泡著茶，嘴裡絮絮叨叨說個不停。剛搬進共居住宅，便立刻收到活動邀約，轉眼間交了好多朋友，心情越發期待……園花懷念地回想起那種感覺。準備搬出那棟共居住宅的時候，她的確覺得自己的青春就要結束了，隨著年齡增長，像那樣閃閃發亮的日子再也不會重來——她一直隱約這麼覺得，但轉念一想，或許事實並非如此。

「對了，茄子。隔壁奧田先生的太太呀，在自家陽臺上種菜，說他們家的茄子大豐收呢。這個給妳帶回去吧，可以做成涼拌炸茄子，也可以加進咖哩裡面。」母親說著，將一個塞滿茄子的塑膠袋交給園花。

「說到茄子，就要夾絞肉拿去油炸。」園花回想起母親常做的料理。

「夾絞肉油炸也很好吃呢，雖然步驟比較麻煩。茶泡好囉，蛋糕我也事先買好了。」

兩人在比老家小了許多的桌子旁面對面坐下，一起喝著紅茶。園花想，無論對母親，還是對母女兩人而言，這都是嶄新生活的開端。

滿足的間隙

滿足的間隙

年假剛過，山中珠實下定決心，買下了一臺造型美觀的鐵板燒煎臺。一開始她是在通勤車站旁邊那棟大樓的雜貨店發現它的，她搬出家裡獨立生活已經來到第十八年，卻是第一次購買這種鐵板燒機。先前她好幾次都想買一臺，但轉念一想，自己一個人住，朋友也不會頻繁到家裡來玩，於是就作罷了。

那臺造型美觀的鐵板燒煎臺，包裝上寫著「一人用」。咦，原來自己一個人也可以使用鐵板燒煎臺嗎？珠實心中暗自感動，在下班回家的路上買下了它。

從那之後，一轉眼過了快兩個月，現在那臺鐵板燒煎臺已經固定放在暖被桌上，從來不收拾了。這天，珠實也買了雞肉和蔬菜回來，坐在電視機前面，邊喝著啤酒，邊做韓式起司辣炒雞。「唔哇，好好吃——！大成功！」她邊吃邊自言自語。

珠實的母親個性一絲不苟，愛好整潔，對孩子的管教也十分嚴格，光是把文件或讀到一半的書本放在餐桌上沒收拾就會挨罵。每當父親把脫下的襪子和襯衫亂丟時，也總會遭到警告。家裡從小就是這樣，因此珠實一向認為家就是這樣的地方，成長過程中不需要大人提醒，她就會把東西收拾到正確的地方放好。念國中時，她去朋友家玩，卻發現他們家雜亂得令她震驚。全家只有四個人，玄關卻被數不清的鞋子淹沒，桌上擺滿吐司、袋裝零食、繳費帳單、報紙，椅背上披掛著好幾件衣服，多到椅背整個隆起。「這個請妳吃。」朋友拿給她的仙貝袋子開了口，珠實吃不下去。

為了念大學而搬到東京獨自生活之後，珠實仍然勤於整理房間，過著乾淨整潔的生活。每個朋友到她家來玩，總是異口同聲說「妳好愛乾淨哦」。

直到二十歲，初次交到男朋友的時候，珠實才發現，不必每次都把鞋子收進鞋櫃，不必每天都拿滾筒清掃地毯，不必每天早上摺棉被，人也不會死，反而還能活得更加輕鬆。她和男友一起度過放縱墮落的週末，感覺到無上的幸福。

後來她進公司任職，被那個男友甩了，換到另一個部門，又交了另一個男友，又被甩掉，然後在三十歲之後，搬進稍微寬敞一些的屋子。到了現在，珠實慢慢發現，原本的自己是個非常懶散的人。要她去做那些會被母親責罵的事——不摺衣服，把髒碗盤累積起來一口氣清洗，買暖被桌，把鐵板燒機放在暖被桌上不收拾——至今仍然需要勇氣，但母親現在不在這裡，與其害怕她的目光，珠實選擇「輕鬆」過活。六年前還有男朋友的時候，畢竟男友會來過夜，她還會每週打掃個一次，現在她一個月掃一次就不錯了。鐵板燒機也一直放著不收拾，所以她開始每天自己煮東西吃，能攝取到豐富的蔬菜，皮膚也變好了，最重要的是，下廚使她快樂。

「明天來煮歐姆蛋包炒麵好了。」吃完飯，珠實清洗著冷卻後的烤盤喃喃說道，卻忽然感到不安。三十六歲的我，一個人過得這麼快樂、這麼滿足，真的可以嗎？總而言之，她下定決心想，明天先把暖被桌的被子收起來吧。

山中珠實有所自覺，和身邊的朋友相比，自己是個非常保守的人。珠實的朋友有七成都不抗拒使用交友軟體，有朋友正在和交友軟體上認識的人交往，也有朋友和上面認識的對象結了婚。可是，要透過網路和一個素未謀面的陌生人交流，還要和那個人在現實世界見面，珠實無論如何都感到抗拒。

聽說在大學認識，現階段交情最好的朋友佐久間梨乃，和她在交友軟體上結識的對象展開交往的時候，珠實也覺得，自己或許該捨棄那些過時的價值觀了。珠實跟梨乃和她的男友，三個人一起吃過飯，比梨乃年長兩歲的西城雖然稱不上帥哥，卻是個友善親切的人，不會擺架子，給人一種不可思議的安心感。看見梨乃快樂的模樣，珠實也感到開心。

在西城推薦之下，珠實也註冊了那個交友 APP，一面在現場向他們學習如何使用。那是個完全未知的世界，輸入的個人資料非常詳盡，能參加的社群也形形色色，種類遠超過珠實的想像，從最大眾到最小眾的主題應有盡有，還能自己建立社群。不過，這些社群不像社團活動那樣為了享受活動樂趣而存在，而是為了讓成員尋找興趣、價值觀相近的對象。

自從註冊以後，珠實每天回到她一個人居住的屋子，吃完買來的熟食或自己煮的鐵板料理當晚餐之後，便不再看電視或ＤＶＤ，改看這個交友軟體——應該說，是學習使用這個交友軟體。

可以替自己感興趣的人按「喜歡」，如果對方也回按「喜歡」即配對成功，雙方可以直接傳訊息交談。珠實也收到過別人的「喜歡」，她膽子不夠大，不敢回按，不過仔細閱讀那些男生的個人檔案很有意思。

在社群方面，珠實也經常不知不覺忘記自己的目的是尋找對象，把這裡當作談論興趣和愛好的地方，就像她十幾歲時在社群平臺上加入過一陣子的社團那樣，還忍不住覺得，要是跟年紀相仿的女生也能這樣輕鬆交談就好了。

到了櫻花逐漸綻放的時節，她交到了三個會直接一對一傳訊息的對象。互動不算頻繁，彼此也都沒說要見面，只是持續在 LINE 上聊天，雙方都還在互相觀望似的。其中一位是貨真價實的戶外活動派，興趣感覺跟珠實不太合得來，不過珠實對他的照片頗有好感。另一位在觀影和閱讀品味上與珠實趣味相投，但珠實總覺得這個人好像不太值得信任。最後一位愛做料理，加入的社群也和珠實多有交集，卻在個人檔案的留言欄上寫著「我想找人熱烈談論鰹魚醬油露的可能性」，珠實不由得有點懷疑，這是不是個怪人啊？家鄉的媽媽要是知道自己像這樣透過網路積極認識異性，肯定會氣得七竅生煙吧——想到這裡，珠實忽然察覺，自己至今一直對交友軟體敬而遠之，原來也是受到母親的影響。

適性人人不同

珠實學生時代認識至今的摯友，佐久間梨乃，和她在交友軟體上相識、交往的對象西城，開始將結婚納入考慮，展開了同居生活。在黃金週後半，山中珠實獲邀到他們的新居作客。

這怎麼說都為時過早了吧……就算他們倆是一年前認識的好了，實際見面也是去年年末，今年二月以後才開始交往，卻已經說要同居……還將結婚納入考慮……珠實內心動搖，卻還是到百貨公司地下街買了葡萄酒和糕點，換乘電車，前往陌生的街區。兩人的新居位在河川沿岸，一棟低層數新式公寓的三樓邊間。走廊從玄關往屋內延伸，走廊底端是客廳，站在玄關已經能看見一整面窗的河景。匆匆打了聲招呼，珠實便「哇——」地走近客廳的玻璃窗讚嘆：「這裡風景好好哦。」遼闊的河面，在日光照射下閃閃發亮。

「我們也這麼覺得，所以馬上就決定要住在這裡。」梨乃在廚房吧檯旁，邊忙碌邊這麼說道。

現在才傍晚五點多，不過三人還是以啤酒乾杯。桌上放著皮蛋豆腐、海蜇皮、口水雞、春捲，都是道地的中華料理。

「今天的主題是中華料理。」梨乃說。

「接下來還有蒸餃和小籠包，最後一道用粽子收尾，所以記得先把胃空下來哦。」

「咦，梨乃會做料理嗎？這些都是西城做的？」珠實大吃一驚。她和梨乃見面時每次都吃外食，也從來沒聽梨乃聊過烹飪相關的話題。

「他念書的時候在義式餐廳打過工，所以很擅長做料理哦。蒸餃和小籠包都是他從麵皮開始親手製作的，我現在也在學習。這個春捲是我做的，皮是買現成的。」

「咦──從餃子皮開始從頭做嗎，這樣真不好意思，休假日還做這些很辛苦吧。」

「不會不會，要不是假日，就沒辦法做這些費工的料理了，我今天可是卯足了幹勁哦。」西城笑著說道，比起初次見面的時候更多了幾分安心感。

隨著佳餚和美酒下肚，對話漸漸變得不再拘謹。

「不過，你們這麼快就決定一起住，要是後來發現兩個人合不來怎麼辦？」珠實把自己內心的疑問如實說出口。

「這個呀……我們雖然在半年前才真的見到面，但因為一直在 LINE 上聊了很久，所以從一見到面開始，就覺得好像已經跟對方熟識很久了。」

「從第一次見面的時候，感覺就像跟兒時玩伴重逢一樣。」兩人一搭一唱地說。

「總覺得梨乃的性格已經和以前不太一樣了。」珠實說。

「不過，也很難說哪一個才是真正的我吧？見到這個人之後，我開始這麼覺得。真正的我或許不存在，而是取決於和誰待在一起，隨著身邊的人而改變吧。」

「是哦——」珠實讚嘆地應了一聲，又補充道：「但我總覺得，妳這番話聽起來只像在曬恩愛。」兩人聽了齊聲大笑。

自從到梨乃和西城的新居拜訪過後，山中珠實一直在思考「適性」的問題。珠實一直覺得，只要兩個人談得來、價值觀相近，就代表兩個人的適性不錯。她現在仍然這麼想，不過自從看了梨乃他們之後，就覺得或許不僅是如此。

那時候西城說，要不是假日，就沒辦法做那些費工的料理了。一個人會因為休假日有空，所以才想做費工的料理；還是會因為好不容易休假，所以不想把自己弄得那麼累？這種細微的差異，可能比想像中更重要吧。

在交友軟體上相識，彼此直接傳訊息的三位男性當中，珠實和其中兩個人見了面。她和觀影與閱讀品味相合的二宮一起去看了電影，不過兩人看完那部電影的感想卻截然不同。這件事暫且不提，只是珠實隱隱感覺到——真的只是一種直覺——二宮和其他女性也這樣見面，毫不愧疚地同時與好幾個人培養深刻的關係，因此從那次之後便不再與他見面了。

至於想熱烈談論鰹魚醬油露可能性的矢部，雖然不是珠實原本擔心的那種怪人，但他的衣著品味令珠實感到有些不安。不過，珠實自己也打扮得不算精緻，算不上美女，還是個天生的懶惰鬼，自己也覺得沒資格對別人的品味說三道四就是了。無論如何，珠實和矢部出去吃了兩次飯，今天是第三次。第一次吃餐酒館，第二次吃義式餐廳，都是稍微正式一些的餐館，因此當矢部提議這次去吃雞肉串，珠實一聽便同意了。

這是間小巧舒適的店，座位只有吧檯和四人座的桌位，店裡煙霧瀰漫。珠實和矢部並肩坐在吧檯，端起生啤酒互相乾杯。香蔥雞肉串、雞頸肉、雞肝、七里香、獅子唐青椒、鵪鶉蛋，兩人各自點了愛吃的東西。矢部在吃的偏好上和珠實相近，也和她一樣不喜歡別人說「讓我吃一口」，自己點的東西，他們都想自己一個人吃，也不需要分享別人的食物。烤好的雞肉串依次放上兩人中間的盤子。食用前不會先把竹籤抽掉，直接拿著竹籤吃這點也一樣，珠實又有了新的發現。兩人互相說著「好吃、好吃」，一串接著一串吃下肚，然後再加點新的雞肉串。她不知道自己喜不喜歡矢部，也不曉得兩人適不適合，不過和他一起吃飯很開心。

「那個……」端起第三杯啤酒喝了一口，珠實開口問：「假日的時候，你是想花時間做精緻料理那一派嗎？還是在休假日想好好偷懶那一派呢？」

「咦，還有這種派系嗎？」矢部驚訝得斂起表情：「我是想偷懶派的，可是，在沒休假的日子我也只做懶人料理，這麼一來，什麼時候才有機會做精緻料理呢……」他認真思考起來，看得珠實忍不住笑。

「矢部，你都做什麼樣的懶人料理呀？我們來比賽誰比較會偷懶好了。」珠實說。

儘管還不知道自己算不算非常喜歡這個人，但只要這份快樂的心情仍然持續、只要還不被他回絕，就這樣繼續一起吃飯也很好。珠實這麼想著，大口咬下剛烤好的七里香。

我的作風

突然想買新衣服，是戀愛的預兆；想認真節食減肥，就表示已經墜入情網——長久以來，山中珠實一直都這麼認為。

在交友軟體上認識矢部之後，珠實和他一起吃過幾次飯，雖然過程都很開心，卻未曾感到心動。她不會二十四小時想著矢部，也不會在工作時犯相思，滿心都是「好想見他」；她不特別想買新衣服，也沒在節食減肥。所以這不是戀愛，珠實是這麼想的。

從她的公寓前往車站的路上，新開了一間小而美的餐酒館。有一天，珠實懶得回家再煮飯，於是順道走了進去。店面狹小，只有吧檯座位和兩個桌位，貌似和珠實同年齡層的男女站在吧檯內側。珠實在吧檯邊坐下，喝著西班牙香檳，點了扁豆沙拉、橄欖油蒜味蝦、西班牙馬鈴薯蛋餅。店裡的客人除了珠實以外，還有一名男性坐在吧檯，兩名年長女性坐在桌位。店裡沒放音樂，唯有雨聲靜靜盈滿整間餐酒館。

等到料理上桌的時候，她改喝白葡萄酒，吃了沙拉，再吃加入多種配料的蛋餅。好好吃，這家是寶藏餐廳——在她這麼想的同時，「好想讓矢部也吃吃看」的念頭浮上腦海，令珠實嚇了一跳。

咦，什麼意思什麼意思？為什麼在這時候想到矢部？而且好想讓他吃吃看是什麼意思？廢話，想讓他吃吃看，當然是想聽聽他的感想囉。嗯……比起想聽他的感想，應該更接近想一起讚嘆「好好吃」的感覺吧。咦——想一起讚嘆「好好吃」是怎麼回事？這不是戀愛吧？可是，吃到美食的時候，妳會想到一個不喜歡的人嗎？

珠實一臉鎮定地品嘗著料理，內心卻左一句右一句地持續著激烈的自問自答。她拿起菜單，經過一陣精挑細選之後，點了生火腿可樂餅、槍烏賊和鮮炒時蔬。

哇，這好好吃哦。真的，好好吃——！我們來喝紅酒吧，喝紅酒。那就開一瓶吧？

她聽見背後那兩位女客人對彼此這麼說。我懂，珠實獨自點頭。與人同聲稱讚「好好吃」，美味也會變成兩倍，這是珠實最近的發現。簡而言之，是矢部讓她領悟了這個道理。她和好姊妹梨乃也一起吃過許多次飯，但她們倆的飯局總是比起料理更在乎喝酒，比起喝酒更重視聊天內容。其他朋友也一樣，她身邊從來沒有過任何一段，只要彼此說著「好好吃」就能樂在其中的關係——珠實坐在吧檯座位上，唐突地意識到這一點。

原來如此，這就是戀愛吧。或許對我來說，「想買新衣服」只有在二十幾歲之前，才是戀愛的預兆。現在我三十幾歲，這個原則也許該被覆寫了，想和對方一起稱讚「好好吃」，才表示我戀愛了。加點的料理放到她面前，可樂餅裡的生火腿嘗起來是恰到好處的點綴，槍烏賊鬆軟鮮嫩，蔬菜火候絕妙。啊，好想跟人一起迭聲稱讚「好好吃、好好吃」。好，今天就在這間新開幕的餐酒館盡情享用美食與美酒，從明天開始，再努力節食吧。

「我要再加點一杯紅酒。」珠實雀躍期待地點了餐。

珠實和矢部面對面坐著，兩人中間隔著她年初買的鐵板燒煎臺，矢部拘謹地跪坐在那裡。珠實告訴他「隨便坐，自在就好」，當下矢部也換了個較為隨意的姿勢，但珠實一回過神，又看到他正襟危坐。珠實掀開鐵板燒機的蓋子，招呼他：

「應該已經熟了，請用吧。」今天晚餐煮的是夏季蔬菜悶煎雞，只有一道菜，不過珠實準備了鹽巴、咖哩醬、柚子醋等多種沾醬調味。

「我開動了。」矢部規規矩矩地合掌說完，朝鐵板伸出筷子。「噢，真好吃，好吃到不像只是煎的。」

「對吧、對吧。」珠實開心起來，開了一瓶罐裝啤酒，分別斟進矢部和自己的玻璃杯。

和矢部一起吃過雞肉串之後，兩人出去約了幾次會。他們在梅雨季去看了電影，梅雨放晴後雖然沒去游泳，但也去了近郊的海邊和水族館。可是，這幾次約會都沒什麼意思。電影播到一半，矢部就睡著了，海邊和水族館也都無聊乏味，過程中只有一種突兀感，好像他們在設法模仿正確的約會流程。只有用餐時間讓人開心。無論和矢部結伴探訪風景名勝，還是去泡溫泉，場面肯定都不會多熱鬧，珠實心想。若是換作十年前，她可能不會再和矢部見面；但現在她覺得，只要以「吃」為中心安排約會行程就好了。

「我媽媽對我管教非常嚴格。」珠實喝著啤酒說。「比方說啊，她要是知道我把客人叫到家裡來，卻只端出一道鐵板料理，肯定會氣到恨不得拷問我。不對，光是自己一個人住，卻把男人約到家裡來，她應該就覺得罪不可赦了。我一直害怕去做那些惹母親生氣的事，但到了最近，終於開始覺得一件件執行這些事情很過癮。」

矢部一臉認真地傾聽。

「啊，不好意思，不小心聊到這麼陰沉的話題。」珠實慌忙說道。

「一點也不陰沉。」矢部說著，低頭向她說「謝謝」。「妳明知道媽媽會生氣，卻還願意找我來作客，做鐵板料理請我吃，謝謝妳。」

珠實沒料到他會這麼說，忽然有點想哭。她連忙喝了口啤酒，將筷尖伸向鐵盤，配著鹽巴吃起一塊煎至上色的櫛瓜。

「春天是春季蔬菜好吃，不過夏天還是夏季蔬菜最好吃哦。」珠實不知該說什麼才好，於是說起這種話來。

「秋天是食欲之秋，冬天要吃火鍋。」矢部接話似的喃喃說。

違反母親的規定，也不會死掉。無須按照現成的範本約會，也能培養感情。縱使只端出一道鐵板料理，也有人願意為此開心喜悅。

「我才要謝謝你。」珠實也端正姿勢跪坐，向他低頭致意。

「不不不，怎麼這麼說，受到招待的可是我啊。」矢部說著，再一次朝她低頭。兩人互相欠身的場面太過滑稽，珠實笑了出來，矢部也難為情地跟著笑了。

她的食譜

她的食譜

這是中月紗香惠的初婚，不過她的丈夫鳥谷良太，已是第二次結婚了。然而，談到婚禮該怎麼辦的時候，說「別辦了」的人卻不是良太，而是紗香惠。他們兩人都已年過四十，而且說到底，紗香惠本來就不太喜歡高調招搖的排場。最後，兩人只找了良太的雙親，以及紗香惠的母親，一共五人一起吃了頓飯，他們倆則挑了個好日子，到區公所登記結婚。除此之外沒再特別做些什麼，紗香惠便搬進了良太原本居住的新式公寓。

這間公寓，就是良太和前妻原本居住的屋子。這樣真的好嗎？紗香惠的朋友和母親都這麼說。但良太決定再婚時，便替這間三房一廳、屋齡十二年，距離車站徒步五分鐘的公寓做了大規模翻新，沒留下任何一件前妻的所有物，在重新裝潢之後，也由紗香惠和良太兩個人一起採買了新的家具和餐具碗盤。

最棒的是，在天氣晴朗的日子，還能從公寓陽臺上看見富士山。從搬進這間公寓的那一天起，起床後替自己泡杯咖啡，邊看著富士山邊喝，已經成了紗香惠每天的習慣。

良太在進口雜貨店工作，紗香惠則是建築事務所的職員，兩人透過工作相識。紗香惠他們事務所的建築師設計了一棟供兒童使用的建築物，室內決定採用良太他們公司的日用雜貨。兩人結識時，良太已經離婚了。在他們開始一起出去吃飯之後，良太斷斷續續地說出他離婚的原因。他說，他的前妻和前來問路的觀光客墜入衝擊性的熱戀，現在和那個人一起住在義大利維洛納，聽得紗香惠目瞪口呆。後來他和前妻光速離婚，一切快得教人搞不清楚狀況，事後傷口才一點一點開始發疼。不過現在已經重新振作，也有心情喝義大利葡萄酒了——良太笑著這麼說道，就是在這時候，紗香惠起了想和這個人結婚的念頭。

夏季的某一天，紗香惠打掃家裡時，在臥室書架上發現了一本陳舊的小型素描簿。「不可以翻開」的預感，和「好想翻開」的心情同時一湧而上，第六感告訴她，這是前妻忘記帶走，良太也忘記處理掉的所有物。

紗香惠克制不住想一睹為快的好奇心，悄悄翻開了素描簿。頁面已泛黃變色，優美流暢的筆跡記錄著各種料理食譜。南瓜味噌煮，將洋蔥切成碎末翻炒，加入南瓜……上面一一寫出步驟，還配上插圖。她一頁頁翻過去，信田卷[11]、茶碗蒸……有些頁面直接貼著從報紙上剪下的料理欄。偶爾能見到一些不同的字跡，寫著「鹽放少一點」，將人造奶油打叉改為「橄欖油」等等，墨色深淺也不相同。看起來，這好像是前妻母親送給她的手作食譜集，而前妻又按照自己的喜好修訂過。從中段開始，便都是前妻寫下的食譜了，有時貼著報紙的料理專欄，或不知何處發放的食譜小卡。

紗香惠的朋友和母親，肯定都會說「這種東西不如丟掉」，但紗香惠卻停下打掃，不知不覺間讀得入迷。讀著讀著，她自己也不知該如何解釋，但總覺得內心深處湧現了一股暖流。

對於曾與她丈夫鳥谷良太結婚的女性，紗香惠幾乎一無所知。不知道她的名字、相貌，不知道確切的年齡，不知道她做什麼工作，也不知道她是什麼樣的人。只知道良太在三十歲時和她結婚，而良太三十九歲那年，她「與前來問路的外國人陷入衝擊性的熱戀，離了婚，現在和那個外國人一起住在維洛納」。除了上述乍聽之下難以置信的情報之外，紗香惠只知道她和良太沒有小孩，此外就一概不知了。

由於知之過少，紗香惠對她無所謂好惡，也生不出任何嫉妒心，只抱持著聽八卦的心情，對那段「衝擊性熱戀」的來龍去脈有點好奇。

因此，對於書架上找到的這本，推測是前妻母親送給她的手作料理食譜，紗香惠也沒有任何負面情緒。看著這些母親親自傳授的食譜、報紙料理專欄的剪報、前妻筆記的食譜、料理步驟小卡，紗香惠眼前便浮現出一位談了戀愛、結了婚，為了伴侶著想，努力製作美味料理，年約三十歲上下的女性，沒來由湧現一股溫柔的心情。即使這一切終將結束，夫妻各自為對方著想的

11 以油豆皮包裹雞肉、豆腐、魚漿、蔬菜等製成的煮物。

時期仍然確切存在——獲悉這點，對於紗香惠來說成了一種鼓舞，強烈得不可思議。這本食譜集，就是滿溢著如此正向的體貼之情。

紗香惠沒把這本筆記的存在告訴朋友或母親，當然也沒告訴良太，默默將它放回了書架上。

他們夫妻倆都晚歸，因此也養成了平日晚餐買熟食，時間湊巧的話就相約外食的生活習慣，週末則由有幹勁的那一方負責下廚。週日午後，趁著良太外出剪頭髮的時間，紗香惠取出那本食譜集，嘗試製作前妻記下的「夏季蔬菜的西西里島燉菜」。這個食譜似乎經歷過一連串嘗試錯誤，第一步原本寫著「蔬菜放入油鍋中油炸」，上頭卻打了叉，改成「蔬菜翻炒→加入所有食材一起混合翻炒！！」句尾那兩個驚嘆號，表現出了成功的喜悅。除此之外，這一頁還記有西西里島燉菜的其他變化食譜，有焗烤、義大利麵、咖哩等等，都加上了插圖。

紗香惠將西西里島燉菜、酪梨沙拉、嫩煎雞肉、南瓜冷湯一一端上桌，和剛剪完頭髮、造型清爽的良太相對而坐，將白葡萄酒倒進玻璃酒杯。兩人乾杯後開動，紗香惠心裡有些緊張，不曉得良太吃到這道西西里島燉菜會說些什麼。可是，良太沒有什麼特別的評論，一直都只有「哇，這個好吃」、「跟葡萄酒很搭」這些尋常的感想。

「這道菜……」良太吃著盛裝進自己碗碟內的西西里島燉菜這麼說，紗香惠心頭一跳，抬起臉來。「這道菜叫什麼呀，我記得好像叫普什麼、什麼燴的？」

是西西里島燉菜——紗香惠正想這麼說，卻回想起良太笑著說「現在也有心情喝義大利葡萄酒了」的模樣，於是試著說：「普羅旺斯雜燴[12]？」

「對、對，就是它。」良太點著頭，一口接一口吃著飯。

不知名的前鳥谷太太，妳過得好嗎？現在的生活幸福嗎？謝謝妳的食譜集。紗香惠喝著義大利產的白葡萄酒，在心中如此呢喃。

12 ratatouille，南法料理，與義大利菜餚西西里島燉菜（caponata）同樣使用洋蔥、茄子、青椒、櫛瓜、番茄等夏季蔬菜，但起源地不同，做法與配料、調味亦有細微差異。

前世、現世與夏天

早上六點左右，相馬律總是自然而然睜開眼睛。刷完牙、洗完臉，拉開房間的窗簾之後，她每天都步行到海邊。清晨的海邊人煙稀少，只有犬隻在潮間帶奔跑，幾乎都是有人放養的家犬。偶爾，也會見到和牠們一塊散步的島上居民。

面對大海的時候，律總是分不清自己身在何方。現在她居住在泰國的離島，不過之前曾住在峇里島的村莊，再之前住在義大利一個叫做維洛納的城市，再之前住在東京，再之前則居住在一個面朝日本海的小鎮，和雙親一起生活。住在東京那段期間當中，大約只有十年間，相馬律曾經姓「鳥谷」，她和名叫鳥谷良太的男人結過婚。分明只是短短六年前的事，律卻覺得那好像是前世的記憶。話雖如此，無論是日本海沿岸的小鎮，還是峇里島的村莊，在遠方生活的記憶，全都遙遠得恍如前世。

她在海邊沒做什麼，只是看著犬隻嬉戲、太陽一點點升起，海浪湧上岸邊又復退卻，然後，律背向大海離開。自碼頭延伸出去的道路樸實無華，卻是這座島上唯一的鬧街，餐飲店、紀念品店、旅行社櫛次鱗比，不過清晨時段閒散冷清。從大街拐進另一條路，有間沒有招牌、也沒有店名的餐廳，由一位頭髮花白的女性獨自經營，清晨開店，到剛過正午的時間打烊。律不時會繞到這裡，吃碗乾麵當早餐。這裡的乾拌麵用的是拉麵麵條，上面放著叉燒肉、魚丸和香菜，醬汁鹹中帶甜。

除了點餐和打招呼以外，律從來不和那位頭髮花白的女性多說話，但每次看見她，律總錯覺這就是自己未來的模樣。她肯定也在其他地方出生，歷經許許多多的偶然、必然與命運，此刻才在這裡經營餐廳，可是三年後，或許她又到了另一個地方，依舊用滾水汆燙著麵條。假如自己能講流利的泰語，真想告訴她這些——律吸著麵條如此想道。義大利麵固然美味，但果然還是亞洲麵條最可口，她邊想邊結了帳，跟老闆說了聲「Aroi」，也就是好吃的意思，然後打道回府。

在她還名叫鳥谷律的時候，當時的丈夫良太和律自己都十分忙碌。但既然已經有了家庭，律便鞭策著自己在週末先做好常備菜，平日回家之後活用這些菜色準備晚餐。良太應該也不特別期望她做這些，律卻獨自逞強，最後一心認為自己被逼得不得不做這些事。當觀光旅行中的喬凡尼來找她問路，她帶著他抵達目的地，在替他指路之後仍捨不得分開，兩人一起喝茶、一起喝酒，一起去唱卡拉ＯＫ，到了隔天、再隔天，在喬凡尼停留東京的期間，兩人也天天見面。那時候律想，這樣我就能脫身了，從被迫忙碌的日子裡脫身。擅自起了頭，擅自覺得受人逼迫，又擅自覺得能夠脫身而選擇離開，像傻瓜一樣，良太肯定也莫名其妙吧。可是這麼一來，他也能夠與一心認為自己受到逼迫、有被害妄想的妻子分開了，律找藉口似的這麼想。

律回想起母親塞給她的那本食譜集，那本素描簿裡寫滿了母親親自傳授的料理，和自己死命記下的食譜，遙遠得像前世的記憶。不曉得那本食譜集到哪裡去了？

回到家，家中飄散著濃郁的咖啡香。喬凡尼沖泡的咖啡，無論在哪一座城市、使用哪裡的水，總是不負期待地好喝。不過有朝一日，現在這個片刻在自己心裡，或許也會遙遠得恍如前世吧——在微小的幸福當中，律有所預感似的心想。

喬凡尼在泰國離島上開設的餐廳名叫「瑪利歐披薩」，店名來自於世界上最知名的義大利名字。這裡不只賣披薩，也賣義大利麵、其他下酒菜和酒類飲品。店面開在沿著碼頭延伸的鬧街，因此打從開幕起，觀光客就絡繹不絕。

律初次遇見喬凡尼的時候，他任職於義大利一間專做餐飲店企劃管理的公司。當時他到東京觀光旅遊，順道訪查，就在這趟旅行中遇見了律。後來律離了婚，搬到義大利，兩人在一年後正式登記結婚，之後沒多久，喬凡尼便辭去了工作，到維洛納一間傳統義式料理餐館學習烹飪。後來，朋友打算在峇里島開義式餐廳，兩人於是一起搬到峇里島幫朋友的忙，等到那間餐廳經營狀況上了軌道，喬凡尼和律一起討論過後，便相偕搬到了泰國的這座島上來。這是從前兩人一起旅行時特別鍾愛的小島。

律一邊在披薩餐廳幫忙，同時每週一次，她會搭乘渡輪前往泰國本土，學習印染技藝，使用天然藍染植物的葉子印染布料，製作披肩或包包。目前還僅限於興趣的範疇，不過律心裡已經有些模糊的想法，希望這有朝一日能成為她的收入來源。她從來不知道自己居然喜歡做這類手工藝。

這座島上有不少像律他們這樣的移住居民。瑪利歐披薩的對面，就是間澳洲男性獨自經營的搖滾酒吧，還有韓國人經營的按摩店，以及幾個日本年輕人打工的潛水用品店。這座島上有種暫時棲居的氛圍，彷彿所有人再過幾年都會啟程離開，再前往某個異地，就像那間無招牌餐廳的老婦人那樣。喬凡尼和律也一樣，彼此談論著接下來不如到東京開店吧、不如到郵輪上工作個一年吧，分不清是玩笑還是認真。

披薩店在晚上十點打烊，兩人在那之後一起共進晚餐。這時他們經常到其他餐廳用餐，偶爾也在店面後方的租屋處吃飯。味噌和醬油在這裡都買得到，因此律有時會煮些冒牌和食。有一次，律突然想吃素麵想得要命，到島上唯一一間便利商店尋找麵條，最後沒找到，不過買到了鰹魚醬油露，她於是汆燙了細米線充當素麵，做了一頓晚餐。吃著這頓涼拌炸茄子、烤玉米配素麵的晚餐，律忽然覺得想笑。這是孩提時代，她在暑假常吃的菜色。那時的暑假漫長得彷彿永遠不會結束，兒時的她無聊到覺得自己會因此死掉，現在回想起來，那是多麼寧靜祥和的時光啊。對了，這座島上的生活，就像那時的暑假一樣。分明來到了遙遠得難以想像的異地，卻彷彿回到了熟知的地方，這麼一想，總覺得引人發笑。

「什麼好笑？」喬凡尼用日語問她。

「我突然發現，這座島就像放暑假一樣。」律說。

「去南國度假的意思？」喬凡尼問道。嗯……度假和放暑假好像不太一樣。雖然不一樣，但其中差異別說英語了，連用日語她也解釋不清，於是律不置可否地回答「這個嘛，類似吧」，繼續吸吮麵條。自從她離開日本之後過了六年，律第一次帶著眷戀的心情，懷念起被她拋在身後的城市，以及那裡繁忙匆促的生活。

食譜的旅行

一間主要販賣亞洲調味料的公司，正在舉辦使用自家產品的料理比賽，公開向一般大眾募集食譜。紗香惠在網路新聞看到這個消息，不帶感想地迅速瀏覽過去，卻在無意間開始思考什麼樣的食譜才足夠有趣。

前一年爆發了大規模流行病，眾人預期今年疫情應該會有所減緩，卻事與願違。感染人數增增減減，緊急事態宣言屢次在解除之後再次頒布。紗香惠和丈夫鳥谷良太，去年幾乎都在家遠距辦公，到了今年，良太一週中有一半時間會去公司上班。至於紗香惠，她現在一個月仍然只去建築事務所幾次，其他時候一直都是遠距工作。

她將和室客房的拉門完全關上，充作自己的辦公空間，但還是比在事務所辦公的時候容易分心，工作空檔往往一回神，就發現自己在閱讀別人的部落格、瀏覽網路新聞，或是看著貓狗的短影片發呆。

一個良太外出上班的日子，紗香惠吃著簡單的午餐，忽然想起什麼似的，從書架上取出那本陳舊的食譜集。是良太前妻留下的那本素描簿，裡面寫滿了前妻母親和她自己的食譜。紗香惠翻閱著食譜集，回想起那個料理比賽。她自己對烹飪不算特別有自信，之所以把那個料理比賽記在心上，應該是因為這本食譜集的關係吧，紗香惠心想。

前妻母親寫下的食譜當中，有些菜名充滿年代感，也有紗香惠沒吃過的料理，其中有一道叫做「蝦多士」的菜。手寫的食譜上寫道，這是將蝦肉泥夾在吐司裡油炸的料理，上頭前妻的字跡還寫著：+美乃滋、洋蔥碎末，加花枝也好吃。紗香惠上網查了一下，發現蝦多士是長崎的鄉土料理，資料上說，這是明治時期從中國流傳過來的點心。前妻的母親是長崎人嗎？抑或是在別處習得了它的做法呢？

關於前妻留下的這本食譜，紗香惠平常幾乎忘記它的存在，不過和良太結婚已過了五年，她至今偶爾卻還會想起它。紗香惠也不明白箇中原因，只是每次回想起來，單身時期旅遊見過的各地風光總是隨之浮現腦海。懸崖峭壁之下的大海，山林間盈滿整片視野的楓紅，平凡的鬧區一角——也有些已想不起確切地名的風景。無論是哪一片風光，附近都有人定居；儘管習慣、飲食、語言各不相同，生活本身卻大同小異，這總讓紗香惠在每一趟旅程中深受觸動。人們外出工作、採買物品，一起吃飯，一同歡笑；或許攜手度日，又或許出於各種原因而分開，重複著相聚與離別，度過每一天的生活。

紗香惠發現，一本屬於陌生人的食譜集，或許就與這些風景相似。翻看它，就像在陌生的城鎮遇見原本不可能有所交集的陌生人，接觸對方的生活。

來做做看「蝦多士」這道從沒聽過的料理吧？既然要動手製作，是不是吃過真正的蝦多士再嘗試比較好？不對，還是在沒吃過蝦多士的情況下直接改編這道食譜，投稿到料理比賽看看吧。做一道能將來自遙遠中國的蝦多士，再廣傳到亞洲各地的料理。

紗香惠將食譜集攤放在桌上，看向窗外。那裡是一整片晴朗無雲的青空。

下個月，旅客終於不需要在入境泰國前或落地後接受ＰＣＲ檢查，入境後也不必再接受隔離了。自從世界衛生組織宣布疫情進入全球大流行之後，這兩年觀光客人數當然急遽減少，有幾間店家因而關門，通往碼頭的鬧街也冷清了不少。入境規定放寬是久違的好消息，在附近商家之間蔚為話題。

儘管如此，去年泰國本土的民眾無法到外國旅遊，大批民眾因此來到這個度假勝地散心，律的丈夫所經營的瑪利歐披薩店，也總算是免於關門的命運。至於律經常去吃早餐的那間無名麵店，由於主要做的本來就不是觀光客生意，所以並未受到疫情影響，那位寡言的白髮婦人也一切如故。

律在泰國本土學習藍染技藝，透過老師介紹，她開始將為數不多的作品販售給海內外商家，同時也放在網路上銷售。疫情爆發前，她原本計畫在東京舉辦展覽會。律有個朋友開了間藝廊兼咖啡廳，答應讓她在那裡辦一個月的展覽。後來，無論這場展覽，還是律滿心期待、睽違已久的歸國行程，都被無限延期。

每當披薩店乏人問津，律的丈夫喬凡尼會在閒暇之餘開發新菜色，或是和島上相識的移住居民一起去釣魚。律努力鑽研藍染，也製作了自己的網站。

律變得比以前更常上網，有一次，在首頁顯示的一小格新聞欄位上，她看見日本一間亞洲食材公司舉辦食譜徵稿大賽的消息。目前比賽已經舉辦過第一屆，新聞介紹了優等、佳作、入選的食譜。律想這或許能成為喬凡尼開發新食譜的靈感，於是點進了那個網頁。優等食譜是內餡包裹酪梨、培根、辣椒醬的印度咖哩餃，再加上甜辣醬調味，其他食譜也以安全牌居多，缺乏新意和驚喜，不過其中，有一道入選食譜吸引了律的目光。

食譜名稱寫著「蘿蔔蝦多士」。使用粗磨泥器將白蘿蔔磨成粗泥，加入碎蝦肉、花枝漿、嫩蔥、片栗粉[13]、魚露攪拌均勻，再夾入切成薄片的白蘿蔔當中，下鍋油炸。得獎者烏谷紗香惠在感言中寫道，這道菜的靈感來自於長崎料理。

烏谷是律從前的姓氏，這位得獎者說不定是前夫的再婚對象也不一定……不過轉念一想，不可能這麼湊巧吧。說到底，律甚至不曉得前夫究竟有沒有再娶。比起這個，「蝦多士」這道料理更吸引她的注意。這是吐司夾蝦肉泥，再下鍋油炸的料理，從前母親經常做給她吃。母親說，這是她蜜月旅行時在九州愛上的料理，除了蝦多士以外，也常煮胡麻鯖魚、麵疙瘩湯[14]給她吃。或許是「蝦多士」這個奇特名字的關係，律總覺得它不同於其他鄉土料理，印象特別時髦，是律愛吃的一道美食。結婚之後，律也曾經做過改良版的蝦多士，沒錯，在蝦肉之外，再加上美乃滋和花枝。

不如去買些蝦子和花枝，來做做看蘿蔔蝦多士吧？這座離島的海鮮相當受歡迎，等到觀光客回流，這道菜或許能博得人氣也不一定。雖然我不認識妳，但謝謝妳囉，鳥谷紗香惠小姐。律在心中這麼輕聲說完，著手抄寫這份食譜。

13 又稱「日式太白粉」，即馬鈴薯澱粉。為熟粉，可直接使用於點心外皮。
14 胡麻鯖魚（胡麻鯖）、麵疙瘩湯（だご汁），分別為日本九州福岡縣與熊本縣的鄉土料理。

歡迎來到料理界

歡迎來到料理界

栗本純也開始學做料理，是在交往三年的戀人把他甩掉之後。儘管他不曾明確向女友求婚，不過雙方年齡都來到三十五歲上下，差不多該結婚了吧，純也是這麼想的。所以，當女友說「我們分手吧」，簡直把他嚇了一大跳。

為什麼？如果我有什麼地方做不好，妳可以跟我說呀，我會努力改正的——明明不想死纏爛打，但純也實在太過驚訝了，仍然窮追不捨似的這麼說道。交往的這三年間，兩人從來沒吵過架。

「因為跟你在一起，我看不到未來。」這是她的回答。

「妳這話是什麼意思啊？我一直都打算要跟妳結婚的。」純也忍不住這麼說。「這就是問題所在。」她平靜地這麼說：「我無法想像我和你結婚、一起生活的情景。硬要說的話，只想像得出我成天像無頭蒼蠅一樣，為了做家事忙得團團轉，而你一直在玩手機遊戲的畫面。」

純也聽了心想，自己在許多方面確實對她多所依賴，於是道了歉，承諾會做家事，也不再玩手機，卻沒能改變她分手的決定。或許她已經有了其他喜歡的人也不一定，但純也沒再多問，感覺再問下去只會顯得自己更加淒慘。

剛分手那陣子，每到週末或不用加班的日子，純也什麼也不做，只是蒙頭大睡，愛睡多久就睡多久。到了梅雨季即將結束的時候，他覺得這樣下去不是辦法，於是加入了健身俱樂部，還開始學做料理。

「對料理初學者來說，最重要的就是不要過度自信。」純也的朋友，杉田大樹這麼說。大樹是他學生時期認識的朋友，是個任職於ＩＴ企業的上班族，廚藝卻像專業廚師一樣精湛。「先按部就班，忠實按照食譜上的指示去做，千萬不要自作主張，覺得再加個大蒜應該很好吃、家裡沒味醂就乾脆不加之類的。」大樹一臉嚴肅地這麼告訴他，還給了他一本附有精美照片的初學者料理書，封面上用油性筆寫著：「歡迎來到博大精深的料理界」。

在此之前，純也從來沒嘗試過烹飪，因此必須先買齊所需的調味料與烹飪用具。他聽取大樹的忠告，忠實按照食譜上的指示，做了一道回鍋肉。他煮了白飯，還用顆粒高湯粉煮了味噌湯，用即食鮮切蔬菜做了沙拉。全程花費一個鐘頭以上，不過令他驚訝的是，照著食譜按部就班地做，真的就煮出了道地的回鍋肉來。

週日午後，純也坐在自家的餐桌邊，一個人喝著啤酒、吃著回鍋肉，感動得忍不住「喔喔喔」地發出讚嘆。他本來邊看職棒邊吃，但為了專心品嘗料理，還是把電視關掉了。他想起以前，在前女友家裡，他經常邊看電視邊吃她做的晚餐。那其實是很失禮的舉動吧？電視上播的也不是他特別想看的節目。前女友從來不曾為了這件事對他發過脾氣，其實是放棄溝通了吧。自己被甩掉，或許也不是沒有道理。純也吃著回鍋肉，感慨萬千地想。

那次之後，純也就迷上了做料理，著迷到有點好笑。純也在文具製造商的企劃開發部上班，不用加班的日子，他開始在回家之前先繞到超市，週六、週日從健身房回家的途中，他也會到商店街採買食材，烹調一人份的晚餐。

以前的自己無知到連純也自己都感到錯愕，他不曉得萬能蔥和一般的蔥不一樣，不曉得混合絞肉混的是牛肉加豬肉，也不曉得食用油有那麼多令人眼花撩亂的種類。

他還發現，做料理這件事本身，能成為他切換工作與休息狀態的開關。下班回家，走進廚房做菜，能舒緩在會議上膠著的情緒，心情好像也舒暢了一些。在週末做料理，他也得以藉此忘掉失去女友後的寂寞和無聊。

最了不起的是，只要按照食譜上的步驟製作，真的就能煮出那道料理。當然，自己做的賣相不像食譜書上那麼美觀，有些料理也還是不如吃外食來得美味。不過漢堡排做出來真的就是漢堡排，味噌煮鯖魚做出來真的就是味噌煮鯖魚，這件事每每都讓純也深受感動。

「不要使用高級食材，不要出於好奇就買齊各種香料，簡單才是真理。」這是杉田大樹的第二個建議。確實，純也學會製作一般日常料理之後，開始想拿高級和牛製作烤牛肉，或是挑戰從香料開始製作咖哩。聽了這番建言，純也按捺住這些衝動，按照大樹「徹底重視日常料理」的建議，每天烹煮常見的家常菜。

一個星期日，純也煮了秋刀魚炊飯。正想把吃不完的份拿去冷凍時，他忽然覺得拿來帶便當好像也不錯，於是隔天便把秋刀魚炊飯做成飯糰，帶到公司食用。他在便利商店買了沙拉和湯，在自己的辦公桌上打開便當時，有位職場後輩告訴他：

「便當組都在會議室一起吃飯，前輩不介意的話也可以一起來哦。」純也跟著她過去，看見幾名職員正在會議室吃著各自的便當。其中有男有女，有前輩也有後輩，一共六個人。

「栗本，你帶的是什麼飯糰呀？」一位女前輩問他，純也回答「是秋刀魚飯」。

「看起來好好吃！是把秋刀魚一起放進飯鍋裡炊煮嗎？還是把烤好的秋刀魚拌進飯裡？」去年剛進公司的男性職員問。

「做法很簡單，只要去除秋刀魚的內臟……」純也一邊解釋，目光一邊掃過每個人的便當。這裡的便當五花八門，有放著炸雞塊和煎蛋捲的正統便當、丼便當、乾拌擔擔麵風格便當、燜燒罐便當，還有漢堡。純也忍不住問：

「這個漢堡是你自己做的嗎？」

「我直接買漢堡麵包，再把昨天晚餐的涼拌高麗菜，和肉品店買的絞肉餅，在午休時當場夾進去而已。」一位沒和純也說過話的男性職員說。

便當界感覺也好博大精深啊，純也發現自己聽得滿心雀躍。彷彿看穿他的心思似的，帶丼便當來的女生說：

「帶便當的訣竅是偷懶。假如立下雄心壯志，每天都要求自己認真做便當，那會累到堅持不下去。」

「前輩所言甚是，在下牢記了。」純也刻意模仿歷史劇裡的語氣說道，便當組之間傳出一陣笑聲。

深入料理界

栗本純也雖然著迷於做料理，但到了早晚氣溫驟降的時節，他也漸漸做得有點膩了。

「切忌把料理當成義務。偷懶、外食、現成熟食是持之以恆的秘訣。」這是他熱愛料理的朋友，杉田大樹給他的第三個建議。

在不必加班的日子採買食材，回家邊喝啤酒邊做飯，確實是轉換心情的好方法。比起從前與料理無緣、從沒思考過混合絞肉是什麼肉的時候比起來，在短短六個月當中，他也學會了許多各式各樣的料理。當然，現在不看食譜，他還是什麼也不會煮，不過他學會了用手剝除沙丁魚的內臟和魚骨，今年秋天還買了生鮭魚卵，做了好多醬油漬鮭魚子。他也持續帶便當到公司，只不過每週有三、四天的便當菜色會以前一天的剩菜為主。

可是，下班回家路上，一想起冰箱裡剩下的食材，做料理就成了提不起勁的麻煩事。差不多該把白蘿蔔、半顆洋蔥、番茄和菠菜消耗掉了……抱持著這種想法擬定菜單，總讓他越想越沒幹勁。「必須設法把剩餘食材好好用完」的想法，或許在不知不覺間變成了大樹所說的「義務」。

「真的就是這樣，食材這種東西總是一個拖一個，永遠用不完。冰箱裡剩下白蘿蔔、菠菜和萵苣，不是會再買些鰤魚、培根和黃瓜，做成鰤魚燉蘿蔔、炒菠菜和韓式淺漬沙拉嗎？結果下次就換培根和黃瓜剩下來了，嗯——那今天就買點芋頭和豆芽菜……就像這樣，永遠不可能消耗完。」

便當組的荒木真梨惠說。真梨惠是純也的職場前輩，小孩一個念國中、一個念國小，她每天都做三個便當，分別給自己和丈夫、國中小朋友帶著。

「有小孩的話確實很辛苦，不過我和栗本都單身，做料理不用那麼講究也沒關係吧。」後輩日野智這麼說道。他今天帶鯖魚三明治便當，吐司夾鯖魚罐頭和市售涼拌高麗菜。

「預先製作常備菜也是呀，剛開始還覺得好玩，變成義務之後就成了辛苦的工作。」總是帶丼便當的松村花菜說完，想起什麼似的補充：「啊，我昨天第一次烤了巴斯克乳酪蛋糕，大家飯後吃吃看吧。」眾人發出一陣歡呼。

會議室的便當組沒有固定成員，不過常出現的熟面孔就是那幾位，純也最近也被視為便當組的一員了。雖然這不算什麼規矩，但午休時間，大家邊吃著自己的便當邊喝茶的時候，誰也不會提起工作相關的話題。大部分聊的都是烹飪話題，或是公司附近美味餐飲店和熟食店的情報。簡直像聚會一樣了，純也吃著人家切分給他的巴斯克乳酪蛋糕，面帶苦笑地想。不過，如此溫馨和睦的時光，對純也而言也是小小的喘息機會。

純也收拾好隨身物品，搭上電梯的時候，正好遇到便當組的松村花菜朝這裡跑來，他趕緊按開正要關閉的電梯門。

「謝謝你。」成功搭上電梯的花菜說：「你要回家了呀？」

「嗯，今天謝謝妳的乳酪蛋糕。」純也說。花菜瞥了手錶一眼，笑著問他：

「回家路上，要不要一起去喝一杯？」

車站附近一間烤雞肉串的室外桌位，純也和花菜相對而坐，一起喝著生啤酒。花菜看著菜單說：

「啊，這裡有賣雞中翅，我可以點嗎？」她朝店員舉起手。

兩人一邊吃著各自按喜好點的烤雞肉串和味噌滷大腸，純也得知了花菜比他小三歲，在總務部工作，在雙親經常四處調職的家庭長大，因此沒有可以稱作「故鄉」的土地。

「栗本，你是到了今年才突然加入便當組的吧。」花菜想起什麼似的說。

「因為我在梅雨季之前被女朋友甩了，才開始學做料理和上健身房。」純也小心地挑選用詞，以免話題顯得太過沉重。他還將料理顧問大樹的建言告訴花菜，花菜聽得深感欽佩。

大約吃過一輪之後，純也還想再多喝點，更重要的是想再跟花菜聊久一點，於是看著菜單。

「雞翅和雞中翅不一樣嗎？」回想起剛才花菜所說的話，純也這麼問道。

「烤雞肉串常見的是雞翅尖，雞中翅非常少見。它明明就這麼好吃。」

「哇，原來雞翅還分成不同種類。那生日會上經常出現的是哪一種？」純也問道，眼見花菜不解地偏了偏頭，他解釋：「就是帶一根骨頭，骨頭上有裝飾物，可以拿著吃的那種。」

「噢，那是雞翅腿。握把的部分不是自然形成的，而是做料理的人像這樣，在雞肉上先切過幾刀，把翅腿變成類似鬱金香的形狀，方便握著吃。」

「咦，原來是這樣啊？哇……」純也回想起兒時的生日會，原來那道雞翅是母親用心製作的啊，他一時沉浸於感慨之中。「我吃的時候，好像都當作理所當然……」

「你很愛吃雞翅腿嗎？連生日會上都經常出現。」花菜說話的神情，彷佛懷想著自己的回憶。她再續了一杯啤酒，然後兩人興高采烈地聊起自己心目中最適合搭配雞翅的料理。純也也點了啤酒，順帶加點了雞翅尖和雞中翅。

兩人各喝了三杯啤酒，結了帳，一起走向車站。剛喝過酒，一點也不覺得冷，月亮高掛在接近天頂的位置。正如大樹在食譜書封面上寫的那句「歡迎來到博大精深的料理界」，料理的世界真的寬廣又深奧，純也深感贊同。若不是開始學做料理，他也不會有機會像這樣和後輩一起喝酒、一起興致高昂地談天吧。

「年底好想約便當組的大家一起吃火鍋哦，就在會議室煮。」花菜仰望著夜空，邊走邊說。

「哦，感覺不錯耶，我們提議看看吧。」若不是學做料理，他也不會有機會為了這種事感到滿心期待。

「那就明天見囉，謝謝款待。」花菜在地下鐵乘車處鞠了一躬，走向與純也不同的月臺。純也目送她的背影離開，然後穿過驗票閘門。

料理界，其實就是……

栗本純也在公司裡開始被視為便當組的一員，也和後輩松村花菜在烤雞肉串店裡聊得投機，興高采烈地說年底要找便當組成員一起吃火鍋。可是，成員之間只有「帶便當到公司」這個共通點，性別、年齡和所屬單位都各不相同，顧慮到大家說不定有意避免和其他人變得過於親近，純也實在難以開口邀請大家一起吃火鍋。

之所以這麼說，是因為純也自己在加入便當組之前，也是不願意私底下和公司同事有所來往的那一類人。他嘗試回想當初為什麼會有這種想法，但老實說，他自己也不太明白。

「剛進公司的時候，我可能有點落敗感吧。」純也告訴花菜。

「落敗感……你覺得自己輸給了誰呀？」花菜問。

「應該也不是輸給特定的人，只是對於『進入組織』這件事情，覺得自己好像輸了吧。雖然被納入了這個組織，但裡面找不到我的自我認同……大概是這種感覺。要是連下班後都和公司的人混在一起，我好像就覺得自己人生中只剩下公司了。」

自從兩人一起去吃過烤雞肉串之後，每週大約有一天，純也會像這樣和花菜一起去喝酒。這無疑是「下班後還和公司的人混在一起」，不過感覺並不像他年輕時想像中那麼討厭。不如說，純也只是單純覺得和花菜一起邊喝酒，邊聊些不著邊際的話題非常快樂。他隱約感覺得出兩人對彼此都有好感，但雙方現階段都不主動加深到更進一步的關係，這種感覺目前也讓他十分自在。

「對了，栗本，你的料理師父最近有沒有什麼新的教誨呀？」花菜拿筷子將關東煮的白蘿蔔分成小塊，一邊這麼問道。

純也的朋友杉田大樹並不是職業廚師，廚藝卻像專業人士一樣精湛，從純也剛開始學做料理的時候開始，大樹便持續給予他樸實卻一針見血的建議。

前陣子的建議是「切忌把料理當成義務」，最近則是「想吃的料理填飽胃袋，想做的料理滿足心靈，兩者都有其必要」。

「咦，好厲害，簡直是哲學了。」花菜睜大了眼睛說：「我從來沒思考過這件事，不過確實是這樣沒錯。想做的料理，不一定是自己想吃的料理。好深奧啊……」她一本正經地這麼說。

「很深奧嗎？」看著她那副神情，純也笑道。

兩人各喝了一杯生啤酒，再一起喝完四合[15]的熱清酒，這天便散場了。他們像往常一樣，一起走到地下鐵站，在那裡道別。

「下次，我來說說看吃火鍋的事吧。要是大家不感興趣，我們就兩個人一起吃火鍋。」

臨別時，花菜這麼說完，便面帶笑容離開。兩個人一起吃火鍋，純也在心中重複這句話，內心小鹿亂撞。不對不對，她說的只是像今天這樣，下班途中一起到居酒屋吃個火鍋而已，純也這麼說服著自己，穿過驗票閘門。嗯，沒錯沒錯，肯定是這麼回事，他一個人兀自點頭，露出苦笑。

接近年底的時候，大家要不要在會議室一起吃火鍋？——在松村花菜這麼提議之前，前輩荒木真梨惠便率先問大家有沒有興趣舉辦一人帶一菜的聖誕餐會。像這種「大家一起」「團結一心」的活動，純也原以為自由鬆散的便當組成員會感到排斥，沒想到贊成意見比想像中還要更多。「感覺不錯耶，只要帶一道菜的話，比準備便當還輕鬆。」「還可以兼做便當組的尾牙餐會，很棒呀。」「如果辦在週一，就能利用週末準備餐點了，感覺辦在週一比週間更好。」大家紛紛表示贊同，於是便當組便敲定在聖誕節之前的週一中午，舉辦一人帶一菜的聖誕餐會。即使有人準備了同一道菜，品嘗不同的調味方式也很有意思——在真梨惠如此提議之下，大家決定不事先分配誰帶主菜、誰帶蛋糕。這將是純也第一次拿自己製作的料理請別人吃，他把這場餐會的概況告訴好友大樹，向他求教該做什麼菜色才好。

「聖誕節就該吃烤雞。你們要在會議室裡吃，現場切分雞肉就太麻煩了，

15 日本酒的容量單位，四合為七百二十毫升。

如果烤雞翅腿，用和風方式調味，你看怎麼樣？」在居酒屋吧檯，坐在純也隔壁的大樹說。

「雞翅腿就是那個吧，生日會上常有的。」

「在握把部分加上一些聖誕節花樣的裝飾會很不錯哦，多點節慶氣氛，賣相也是很重要的。對啦，還有，每個人的味覺各不相同，所以就算做不出人人喜愛的料理也不要喪失信心，你要相信自己。」大樹給了他不知第幾次的建言。

為了感謝大樹教他如何處理雞翅腿，還告訴他烤雞的食譜，這天的費用由純也買單。

「說起來，我把你之前的建議告訴便當組的女生，結果她聽了超級感動，還說這是哲學。」走向車站的路上，純也這麼說。大樹沒有笑，反而一本正經地說：

「料理本來就是哲學。」

餐會當天，樸實無華的會議室裡一派熱鬧。雞肉料理偏多，不過有炸雞、香料烤雞、味噌烤雞，各有不同風味，再加上純也的和風烤雞，變成了不同口味雞肉料理的評比大會。除此之外，桌上還有薯條、西班牙馬鈴薯蛋餅、涼拌菠菜等菜色，色彩相當繽紛。一開始提議舉辦餐會的真梨惠，則烤了聖誕樹幹蛋糕帶來。餐會採自助方式，大家自行將想吃的東西裝進紙餐盤裡，吵吵嚷嚷、熱熱鬧鬧地吃了起來。有路過的職員探頭進來看他們在做什麼，大家明明沒喝酒，卻還是熱情地說「要不要進來一起吃」，一回過神，就有好多人在會議室裡彼此分享對料理的感想。

「最後沒吃成火鍋，下次我們兩個人一起吃鍋吧。」帶著興奮尚未冷卻的心情，純也對花菜說。

「好呀好呀，那你記得先跟你的料理師父，學一些少見的火鍋食譜哦。」花菜說。

料理界的建議，或許也能夠應用到人際關係、甚至是戀愛方面——純也一手端著紙盤，腦中忽然浮現這個想法。他決定，今天晚上就邊做料理，邊深入思考這件事吧。

重要的是基本調味料

重要的是基本調味料

人生中總會碰上幾次多災多難的「厄年」。得知今年，自己虛歲三十三歲這一年的厄運最為凶險，大林奈津菜怕得渾身顫抖，同時又覺得這說得真準。

雖說沒什麼名氣，但奈津菜仍然是隸屬於演藝經紀公司的演員，主要以舞臺劇表演為業。直到三年前，她一直都在學生時代與友人一同創立的劇團演出，後來被星探選拔，加入了經紀公司。進入公司之後，她的工作與試鏡機會都顯著增加，感覺是個好的開始。然而進入今年以後，她連續多次在試鏡中落選，最近八個月，她就只做了幾次電影和連續劇的臨時演員而已。

年初，奈津菜和劇團時代交往至今的男友分手了。這次分手是她主動提的，她明明一點也不留戀，但六月，聽說那個前男友準備和奈津菜也認識的一位後輩結婚，她卻毫無來由地心情低落，如今也陷在低潮的情緒中無法振作。

她明白這樣下去不是辦法，於是從七月開始上美容沙龍，也增加平時上健身房的次數。為了不給自己多餘的時間沮喪消沉，她安排了短期打工，重新布置房間，觀賞電影和舞臺劇，但突然空出的時間裡，她總是上社群媒體搜尋經紀公司的朋友，或是從前一同待在劇團的同期演員，著迷地看著他們或耀眼或愉快，充實又滿足的生活，然後暗自嘆息。唯獨自己，被遺落在漆黑慘淡的谷底。

我去找占卜師看過運勢，他說我不適合當演員——當奈津菜這麼吐著苦水，從高中認識到現在的朋友，樋口麻理萌對她說：「我覺得妳根本完全搞錯方向了。」大學畢業後，麻理萌任職於東京都內的住宅公司，在五年前結了婚，三年前以懷孕為契機辭掉工作，現在專心在家帶小孩。因為麻理萌性格直接坦率、毫無矯飾，奈津菜只有在麻理萌面前才敢說喪氣話。兩人在麻理萌家裡相對而坐，面前的桌子底下鋪著報紙，防止小朋友把食物殘渣掉到地上，衣物在客廳一角堆得像座小山。素顏的麻理萌背後，五個月大的長子睡得香甜，即將滿三歲的長女正在用平板看卡通。

「一個不認識的占卜師叫妳放棄當演員，難道妳就真的要放棄了嗎？奈津菜，社會上很多人說什麼食材多重要、新鮮度多重要，但真正重要的是基本調味料啊。」在散落食物碎屑的桌邊，麻理萌朝前探出身體，語氣堅定地說。

「咦，什麼意思？」奈津菜問：「做料理？」

「做出美味料理的秘訣，在於基本調味料，所以我從來不在調味料上省錢。人生也和做料理一樣，最重要的不是食材、也不是青春，而是妳有多認真想做一件事。不要去管別人在社群媒體上寫什麼、占卜師說什麼，回歸基礎想想看吧。」

奈津菜非常清楚麻理萌這番話想表達什麼。奈津菜在高中時開始著迷於戲劇，麻理萌也不時會陪她一起去看戲，她所說的就是當時的事。

高一那年夏天，奈津菜的母親在商店街抽獎時抽到了舞臺劇套票。那是平日白天的雙人套票，不過奈津菜家是雙薪家庭，爸媽都不能去，奈津菜於是邀請了剛上高中不久就變得要好的同學麻理萌，一起到市民會館看戲。當時奈津菜從來沒聽說過這個表演井上廈劇作的「小松座」劇團，也沒聽過井上廈這位劇作家，但這齣戲看到一半，奈津菜便彷彿被攝去魂魄似的，直到聽見謝幕的鼓掌聲，她才終於淚流滿面地回過神來。

好厲害，戲劇真是太厲害了，跟電影完全不一樣，不知道厲害在哪，但就是好厲害！回程，兩人順道去了甜甜圈專賣店，奈津菜在那裡興奮地說個不停。暑假期間，麻理萌將長達四十集的漫畫《玻璃假面》裝在紙袋裡，帶到奈津菜家來。奈津菜本來沒聽過這部以戲劇為題材的知名漫畫，麻理萌也趁機重讀，兩人在奈津菜家客廳開著冷氣，讀得渾然忘我。一回過神，窗外和屋裡都暗得看不清文字了。

一查之下，奈津菜發現東京有著多不勝數的劇場，上演著形形色色的劇碼。來到奈津菜居住的城市，在市民會館上演的戲劇，不過是那其中一小部分當中，更屈指可數的一小部分而已。奈津菜開始到速食店打工，觀看市民會館搬演的戲劇，等到存夠了錢，就上東京觀賞戲劇演出，當天來回。

麻理萌雖然不像奈津菜那麼熱中於戲劇，不過有時會陪著她到市民會館看戲，也曾經陪她一起上東京。二〇〇五年暑假在澀谷觀看的一齣舞臺劇，為奈津菜帶來了觸電般的震撼，戲劇自此從興趣轉變成她的志向。她將第一志願改成設有戲劇系的大學，突然開始發憤用功念書。雙親以為她念戲劇系是為了研究戲劇，做夢也沒想到她是為了成為演員，所以完全不反對她變更志願，還相當支持她的決定。

「奈津菜，我還記得妳當時說過，『我的每一天就像我的便當一樣』。」自那之後，近二十年的歲月過去，麻理萌背著小嬰兒說。「妳說，生活就像日常便當，裝著賣相不佳的褐色食物，單調乏味到不想被人看見。但是看戲的時候能忘記這些，回家路上，心情就變得像五彩繽紛的便當一樣。」

「我也記得妳那時候怎麼回答我哦，麻理萌。」奈津菜探出身體。「妳笑著對我說，好吃的東西全都是褐色的，所以褐色便當是無敵的便當。」說完，奈津菜忽然有點想哭。在農田圍繞的直行小路上，一人一半分食著papico冰棒，和麻理萌一起走過的那些夏天，那個無趣、單調又狹隘的小世界，現在想起來懷念到讓人心驚。

「沒錯，好吃的東西全都是褐色。漢堡排、炸雞塊、馬鈴薯燉肉、豆皮壽司，全──部都是褐色。」麻理萌笑著朝她說道，在奈津菜看來，那副神情和高中時完全沒變。

奈津菜現在知道，戲劇一旦成為工作，也會變成和「五彩繽紛的便當」相去甚遠的世界。為了上演一齣驚豔四座的好戲，演員身穿運動服，一天又一天鍥而不捨地反覆排練。

「麻理萌，改天把這兩個小朋友交給爸爸照顧，我們一起去看戲嘛。」奈津菜說。

「好啊好啊，我偶爾也想打扮得漂漂亮亮地出門。」麻理萌說。

「野野花也要去──！」眼神酷似麻理萌的長女，從平板螢幕上抬起臉大叫。

各自的生活

九月底的一個週六，兩人實現了她們一起觀劇的約定。她們約在下北澤站前，但約定時間過了五分鐘，麻理萌仍然沒有現身，奈津菜反覆確認了好幾遍智慧型手機。正當她想打通電話過去的時候……「抱歉，我遲到了。」麻理萌終於站到了她面前。「這裡怎麼回事，變得像完全不認識的車站了！那個像小巷迷宮一樣的地方已經不見了嗎？」

「總之，我們先去劇場吧。」奈津菜搶在驚訝個沒完的麻理萌前頭，邁開大步向前走去。

人生最重要的是基本調味料。奈津菜被麻理萌自信滿滿的語氣說服，不再去占卜、上美容沙龍，也戒掉了看社群媒體的習慣。除了經紀公司的訓練課程之外，她還去參加公開報名的工作坊，開始鍛鍊體幹，撥出更多時間觀賞電影與戲劇，將鍛鍊基本體能和回歸「愛好戲劇」的初衷劃分為優先事項。這麼做之後，也很難說運勢突然就有所好轉，但至少精神上比起找麻理萌商量之前安定了許多。所以，今天舞臺劇的門票由奈津菜買單，當作給她的謝禮。

「我超久沒化妝、也超久沒搭電車了，我是不是很奇怪？」麻理萌到了座位上還在說話，奈津菜提醒她：

「妳關掉手機電源了嗎？」

「啊，對哦，還有這個規矩。」

麻理萌取出智慧型手機來操作。

這齣舞臺劇由年輕偶像主演，上演時間一共兩個半小時，中間休息十分鐘。一進入中場休息，麻理萌立刻打開手機電源，馬上有通電話彷彿等候多時似的打過來。麻理萌手忙腳亂地往外走向大廳，直到中場休息快結束時才回來，心有不滿地告訴奈津菜：「他說隼斗一直哭個不停，但我人在外面，跟我抱怨有什麼用啊？」觀眾席轉暗之後，奈津菜聽見身旁的人深深嘆了一口氣。

表演結束後，奈津菜原以為還能一起喝個茶，麻理萌卻說：「抱歉，我家那個豬隊友在瘋狂求救，我要先回去了。」沒誇半句「好精采」，也沒為門票向她道謝，一走出劇場，麻理萌馬上準備要離開，然後才想起什麼似的將一個紙袋塞給奈津菜。「這是今天的謝禮，妳當點心吃吧。」麻理萌迅速說完，便急匆匆地跑向車站。

太陽已開始西斜，但城市仍然明亮。舞臺劇相當精采，演主角的那個偶像表現得也比想像中更好，可惜飾演女主角的女生有點美中不足……奈津菜原本有好多話想說，實在沒心情直接走向車站，於是信步走在下北澤擠滿了男女老少、人來人往的街道。打開剛才收到的紙袋，裡面裝著個別包裝、貌似是親手製作的可麗露。麻理萌是個懶人，高中時也和手作甜點無緣，但如今她肯定會一邊看著食譜，和小孩一起製作這些甜點吧。想到這裡，奈津菜不禁露出微笑，同時也感受到一股強烈的落寞。時間已往前流動，我們都有各自的生活。

「這也是褐色的。」好吃的東西全都是褐色的。回想起麻理萌這句話，奈津菜輕聲呢喃。

還有兩個月。今年再過兩個月即將結束，「厄年」也將隨之終結。十月中旬，奈津菜終於在一部舞臺劇的試鏡中獲選。儘管只是微不足道的小角色，她仍彷彿在漫長的隧道遠端終於看見光亮。

十一月，上午在咖啡廳打工，下午排練到晚上七點以後的日子開始了。無論是再怎麼微不足道的配角，開始排戲之後神經總會隨之繃緊，生活也跟著充實起來。奈津菜能感覺到，這就像隧道尾端的光變得越來越寬廣明亮一樣。

排練結束後，年長演員邀請大家一起去吃燒肉，於是一部分演員和幾名工作人員，便一道前往排練場附近的燒肉店。這些都是在排練第一天初次見面的人，平常奈津菜不會參加這類酒會，另一方面也是太久沒參演舞臺劇的關係，她抱持緊張的心情加入了他們。一群人在榻榻米座位排排坐下，端起啤酒乾杯，各自點了自己愛吃的東西，肉一送上桌馬上動手燒烤，烤熟了便一塊接一塊吃下肚。

「野口小姐，在這種日子，妳家小孩都怎麼辦呀？」坐在奈津菜隔壁的女性導演助理，朝著坐在對面的女演員這麼問。野口小姐是比奈津菜年長十歲左右的資深女演員。

「原來野口小姐有小孩嗎？」奈津菜忍不住問道。

「有兩個念國小的小孩。我教我先生做了那種一鍋到底的料理，只需要一個平底鍋，把蔬菜和肉一層層疊上去，蓋上鍋蓋悶煎，然後直接端上桌就行了。現在我們家超愛做這種料理，就算我不在家，也不用擔心他們三餐。」

咦——什麼一鍋到底的料理，我也要聽！野口小姐周圍紛紛傳來好奇的聲音，頓時熱鬧起來。奈津菜心不在焉地聽著他們聊天，恍然心想：原來也可以一邊演戲，一邊結婚生小孩啊。當然，她也認識幾位這樣的同業，只是在此之前，不知怎地總覺得事不關己。

「不曉得為什麼，我一直以為自己要不是選擇專心當演員打拚事業，就是選擇捨棄事業、結婚生子，兩者只能取其一。」離開燒肉店回家的路上，一群人一起走向車站。野口小姐正好走在她旁邊，奈津菜於是藉著醉意說出了真心話。

「我明白，年輕的時候總是會想得比較極端嘛。」野口小姐仰望著天空，語氣豁達地說。「不過，誰也沒說只能在兩種選項當中選一個呀，戲劇之神和家庭之神都沒說過這種話。所以說呀，妳大可以伸出手去爭取所有妳渴望的事物，總會有辦法的。即使心裡覺得自己再也撐不下去的時候，最後往往也都能找到出路，很神奇哦。」

「戲劇之神我能理解，但家庭之神是什麼呀。」一位走在後面，比奈津菜更年輕的演員笑道。「啊哈哈，我說得太隨便了嗎？」野口小姐也跟著笑出來。

改天，也把那種一鍋到底的料理推薦給麻理萌吧，奈津菜心想。一鍋到底的話，麻理萌的丈夫說不定也能開開心心下廚。不對不對，下次到麻理萌家去玩的時候，我直接示範給他們看好像也不錯。就這麼辦，等到這部戲順利落幕就聯絡她吧。走在笑個不停的演員們身旁，奈津菜也一起笑了，眾人大蒜味的氣息交融在一起，在明朗的夜裡散開。

最大的幸運

從高中認識開始，奈津菜一直和麻理萌十分要好，如今卻發現自己許久沒和她聯絡了。若問她最後一次見面是什麼時候，奈津菜能立刻想起是到下北澤一起看舞臺劇那次，但那也已經是距今三年前的事了。她們在LINE上原本還保持聯絡，但前陣子也中斷了，距離上次互傳訊息早已過了半年以上。

或許沒什麼關聯，不過厄年過去之後，奈津菜接到的工作逐漸增加，後來她飾演過大型舞臺劇的主要角色，也飾演過電視劇的常設角色。距離奈津菜理想中的演員形象還十分遙遠，每天也總有數不盡的小煩惱，但比起咬牙切齒看著別人社群貼文的那陣子，現在的生活更充實了三百倍。

回過神來，如今奈津菜身邊已經沒有像麻理萌這樣的家庭主婦，也沒有上班族的朋友。生活作息都不相同，演員又是不休節假日的工作，這也沒辦法，奈津菜已經放棄了。相對地，她身邊多出了許多性別與年齡各異的同行友人，以及從事劇場相關工作的朋友。

戀愛方面沒什麼起色，自從厄年前和男友分手以後，她一直沒交到可以稱作戀人的對象，不過奈津菜對此已經不太焦急了。她想，這肯定也是因為工作方面過得日益充實的關係。

偶爾，她會像打嗝一樣唐突地想，好想見見麻理萌啊。到外地巡迴公演，吃到好吃美食的時候；在休假日晾完衣服的時候；在深夜裡到便利商店買冰淇淋，邊吃邊走回家的時候。兩人並沒有吵架，她大可以在LINE上傳個訊息問麻理萌，「妳過得好嗎？」她卻總是遲疑不決地想著，反正麻理萌那麼忙碌，反正見面也沒什麼特別想說的話，反正麻理萌也沒有聯絡我……結果，她遲遲沒有採取行動，日子就這麼一天天過去了。

「哈囉——奈津菜，妳一切都好嗎？」十二月初，她收到來自麻理萌的LINE訊息。「因為隼斗身體不好，中間發生了很多事，我一直沒辦法跟妳聯絡。前陣子，我看了奈津菜妳出演的電視劇喔！應該說電視劇看到一半，突然就看到奈津菜出現在戲裡，我驚訝得和野野花一起大叫。妳根本就是大明星啦！大明星教我的一鍋到底料理，我們家到現在還常常煮喔！」

在排戲的休息時間讀到這則訊息，奈津菜忽然有點想哭。原來是這樣，她第二個孩子身體不好呀，我之前都不知道。個性豁達又粗枝大葉的麻理萌，肯定也曾經焦急、沮喪，到醫院和其他地方四處奔波吧。

「什麼大明星，不要挖苦我啦，明明只是個小角色。野野花和妳老公都還好嗎？」

奈津菜全速操作著智慧型手機，正想寫下「我們最近再找個時間見面吧」，又將這串文字刪除。不必特地排除萬難、撥出時間見面也沒關係，沒什麼想對彼此說的話也沒關係。只是互相傳傳貼圖也很好，只要維護著友誼這條細線，不讓它斷絕就好，奈津菜如此告訴自己。

「重要的是基本調味料。我今天也拿這句話鼓勵自己，一直在努力哦。」

打完這句話，排練場上正好響起工作人員宣告休息時間結束的聲音。

人生會發生什麼事實在難以預料。奈津菜抱持著奇妙的心情，看著麻理萌抱著出生快六個月的小嬰兒。

「啊——太懷念了，小嬰兒身上這種淡淡的甜味——」麻理萌把臉埋進小嬰兒絨毛般的頭髮，看向奈津菜說：「好乖的小寶寶哦，這樣子吵她也沒有醒來。」奈津菜聽了有些難為情，感覺好像自己被誇獎了一樣。

「不過，她不久前還不肯睡覺，又一直哭，我不曉得該怎麼辦才好，也跟著哭得希里嘩啦。」聽奈津菜這麼說，麻理萌也用力點頭說：我懂、我懂，真的會哭。

奈津菜原以為自己不會結婚、也不會生小孩，沒想到去年，她和比她小兩歲的舞臺藝術家在交往半年後結婚，在今年春天，即將滿三十九歲之前，生下了一個女兒。奈津菜請了一年的育嬰假，明年會將女兒友惠送進托兒所，預計在半年後重新恢復演員工作。麻理萌說，她的兩個小孩都上了小學，時間也變得比以前寬裕不少，因此她不時會轉乘電車，到奈津菜家來玩。

「不過，奈津菜，我還真沒想到妳會當媽媽耶。」

「真的。」奈津菜從麻理萌手中接過開始哭鬧的友惠，邊安撫她邊說：「這孩子現在也是老樣子，一下不喝母奶，一下不睡覺，一下哭個不停，也不會笑，我老是擔心到快哭出來，想說怎麼辦，她該不會生了什麼病，好幾次都在 LINE 上找妳訴苦。麻理萌，妳最辛苦的時候我還在玩樂，什麼事也不懂，我真的深深反省。」

「咦——沒有什麼好反省的啦，照顧新生兒有多辛苦，本來就是親身體驗過才會理解呀。我那段期間也受到好多人幫助，好懷念哦。」麻理萌大而化之地說。

「要是我和妳同個時期生小孩該有多好，這樣就能兩個人一起煩惱了。」

「對呀，我們明明是一起從高中畢業的。不過人生就是這樣吧，總是沒辦法這麼剛好。」麻理萌感觸良多地說道。

麻理萌說差不多到了小朋友從安親班回家的時間，奈津菜於是送她到車站。麻理萌邊走邊抱怨她老公，奈津菜則用嬰兒背帶把小嬰兒抱在懷裡。兩個穿水手服的女生走在她們前面，一下用手肘推著對方，一下探頭去看肉品店擺放在店門口販售的炸物。就像過去的她們倆走在那裡一樣，奈津菜心想。

「可樂餅看起來好好吃哦。」麻理萌說著，在店門口停下腳步，買了兩個，將其中一個裝在紙袋裡的可樂餅遞給奈津菜。穿水手服的兩個女生回頭偷瞄奈津菜她們，然後轉身折回肉品店，買可樂餅去了。看見這一幕，奈津菜和麻理萌相視而笑。

今天謝謝妳來、我再來找妳玩哦，兩人對彼此說著，在驗票閘門前揮手道別。奈津菜握起友惠稚嫩幼小的手，讓她對麻理萌揮手。最大的幸運，是身邊有難能可貴的好朋友——出於這個想法，奈津菜才將女兒取名為「友惠」，不過她沒把這件事告訴麻理萌。「好了，我們回家吧。」奈津菜對友惠說道，咬下一口仍然溫熱的可樂餅，踏上暮色四合的歸途。

我的無敵妹妹

我的無敵妹妹

佐伯春奈和比她小兩歲的妹妹夏芽，一起隨意躺在特大尺寸的雙人床上。我們去吃蛋糕吃到飽吧，我們去地下的拱廊式商店街逛逛，雖然有點熱但我們出去購物吧……她們你一言、我一語地說了許多，但兩人都沒有起身的意思。

「早知道晚餐就不要預約了，現在不是吃法式料理的心情。」夏芽說。

「早在半年多前就預約了，事到如今沒辦法取消哦。」春奈回答。

「好想吃豆腐喔，爽口又滑嫩的豆腐。」

「豆腐。」春奈笑了：「說起來，小夏妳以前自己做過豆腐呢。」

「哎唷——妳居然還記得。」夏芽也笑了出來。

國小暑假的自由研究，夏芽以「日本最美味的豆腐食譜」為目標，每天做豆腐。不過從黃豆開始製作豆腐的步驟相當繁雜，夏芽一下子省略用布巾擰乾豆渣的步驟，一下子靜置降溫時放到忘記，一下子加了太多鹽滷，連續幾次都失敗了。等到最後好不容易做成功了，卻也沒比市售的豆腐好吃。

當時春奈已經上了國中，暑假作業不需要做自由研究，不過受到夏芽奇妙的熱情感染，她那整個夏天也都在研究「日本最美味的涼拌豆腐吃法」。

「那個夏天呀，真是我們這輩子吃最多豆腐的時候。」夏芽毫無意義地高高抬起雙腳說。

「不對不對，我們才三十幾歲，現在就說『這輩子最多』還太早了。以後等我們老了，說不定有一天會覺得只有豆腐好吃，吃掉比那年夏天更多的豆腐。」春奈說。

「確實，那時候雖然那麼拚命做豆腐，事實上我卻不理解豆腐的美味。一直到最近，我才知道豆腐有多偉大。」夏芽深有所感地說，春奈忍不住笑了出來。

「說到底，妳為什麼選豆腐當研究題目呀。」

「我不記得了。」夏芽喃喃說完，坐起身來，一本正經地說：「小孩子真的很莫名其妙耶，就連我自己都搞不清楚為什麼。」看在春奈眼裡，那張臉和十歲時的妹妹重疊在一起。

春奈在學校雖然沒被同學欺負或排擠，卻也沒交到朋友，無論在國小或國中都總是獨自一人。但她完全不在乎，她喜歡的只有夏芽一個人。夏芽是個能在最微不足道的小事裡找到趣味的孩子，假如找不到有趣的事，她就自己創造。做豆腐也是，雖然麻煩，卻很有意思。只要待在夏芽身邊，未來無論這個世界有多麼無趣、多麼不講理、多麼愚昧，春奈覺得自己一定都所向無敵，即使到了升上高中、大學畢業，開始工作之後也一樣。

「我們還是取消法式料理，一起去啤酒花園吧？我來查查這附近有沒有啤酒花園。」夏芽突然這麼說，開始操作起智慧型手機。

「好呀，如果小夏妳想去的話。要是開在百貨公司屋頂的啤酒花園就太棒了。」春奈表示贊成。

「有耶有耶，那我們奢侈一點，就搭計程車去吧。好了啦小春，不用化什麼妝了，走囉！」

即使到了三十多歲的現在，春奈也像從前一樣，追趕著前方夏芽的身影離開旅館房間。

啤酒花園坐滿了人，不過兩人只等了不到十分鐘，就有服務生過來替她們帶位。這裡除了炸薯條、烤雞肉串這類一般餐點之外，還有燒烤套餐，桌子上也放有小型烤爐。兩人點了最常見的毛豆、涼拌番茄、炸雞，再點了燒烤用的蔬菜和肉類，佐伯春奈和夏芽端起大啤酒杯，豪爽地相碰、乾杯。

「啊——活過來了，來這裡吃晚餐果然是正確選擇。」

「不過這麼一來，明天我們身上會不會帶著肉和油煙的味道？我是無所謂，但小夏妳可是主角哦。」

「咦，洗個澡應該就能洗掉氣味了吧？比起這個，要不要一起去美容沙龍？飯店寫說他們的美容室開到十二點。」

燒烤套餐上桌，春奈和夏芽將肉和蔬菜一一放上烤爐。

「夏天爬山真的好討厭喔。」

「以前全家還一直爬到小夏妳上高中那時候。」

「飯糰是很好吃啦，可是對於不能喝啤酒的小朋友來說，爬山也沒什麼成就感。」

兩人聊起兒時的話題。春奈和夏芽的雙親熱愛山林，每到暑假總帶著她們到各地爬山。春奈厭惡山路，厭惡山裡忽然出現的蟲子，厭惡山中小屋裡的餐食，也厭惡小屋裡超巨大的蜘蛛，但也是因為有夏芽一起，她才能忍受這一切。夏芽全程都在搞怪，想方設法逗春奈笑，又因為太得意忘形而被父母訓斥。

從周圍座無虛席的桌位，傳來歡快的交談聲。外出旅遊的計畫，某人和某人的戀情發展。電視劇、音樂節，美味的鬆餅店，什麼時候回鄉探親。我們的語氣也同樣興奮雀躍，同樣樂在其中，內容卻全都是過去的話題。春奈忽然察覺，能和夏芽一同歡笑的共通話題，全都在兩人的過去之中。

「夏芽，我太依賴妳了。」看著夏芽替她將烤好的肉夾進盤裡，春奈注視著她的手呢喃：「妳不在以後，我肯定不知道該怎麼辦。」話一說出口，春奈便感到想哭。

「傻瓜，我又不是要跑到多遠的地方。」夏芽輕快地說著，撞了撞她的肩膀。「而且我又不會不見，不要這麼烏鴉嘴啦。來，吃點松阪豬，消除夏季的疲勞感就該吃豬肉。」

蘸著檸檬汁，春奈吃著夏芽替她夾進盤裡的松阪豬肉。今天濕度高，又是熱天，但抬頭一看，清澈的夜空在頭頂鋪展開來，濕度與熱氣彷彿都對它毫無影響。

「我們還是去一趟美容沙龍吧，在那裡去掉肉味和油煙味，為明天保養一下皮膚。」春奈說完心想，儘管只有一點點，但總算把未來的話題說出了口。

「喝得爛醉的話會被沙龍婉拒，所以啤酒就小口慢慢喝吧。」夏芽說道，向路過的服務生加點啤酒。

明天，夏芽要結婚了。夏芽將在她們今天住宿的這間飯店舉行婚禮、辦婚宴，然後搬到福岡生活，她的結婚對象在福岡工作。出生以來第一次，春奈將與夏芽分隔在遙遠的兩地生活。

「一個人快樂」計畫

夏芽的婚禮在飯店內的小聖堂舉行，婚宴辦得相當盛大。身為姊姊的佐伯春奈覺得夏芽是個能把任何無聊瑣事變有趣的人，因此聽說夏芽選擇了正統的飯店婚禮，她確實有點意外。新郎的上司做了一番枯燥致詞，新郎的幾個男性友人穿上裙裝，唱著偶像團體的歌跳舞，夏芽滿面笑容地吃下婚禮蛋糕的第一口，這一切都尋常到出乎春奈意料。唯有夏芽的朋友們演了一齣寶塚風格短劇，對春奈而言是最有夏芽風格的餘興節目。

婚禮上也有丟捧花的環節，夏芽先伸手指向春奈，才轉身往背後拋出捧花。周圍眾人紛紛避開，因此春奈接下了那束捧花，心裡卻不覺得高興，只感到寂寞。

婚宴結束之後，夏芽和丈夫便出發到古巴度蜜月，春奈和夏芽的雙親也回到靜岡的家中，春奈拿著捧花，回到東京都內的公寓。直到三個月之前，她還和夏芽一起住在這間公寓裡。兩房一廳的格局，一個人住太過寬敞，房租也昂貴，因此得快點找到適合一人居住的房子才行——春奈這麼想著，卻默默過了三個月。

這束捧花該插在花瓶裡，還是製成乾燥花？春奈苦惱了一會，將它吊掛在不被日光直射的牆面，然後換了衣服、卸了妝，替自己放了洗澡水泡澡。

出生以來三十七年間，毫不誇大地說，所有快樂的事都是夏芽教會她的。大學畢業之後，春奈進入一間大型的國、高中補習班任職。她做的不是講師，而是辦公人員，負責管理課表、準備教材，簡而言之，負責處理各式各樣的雜務。工作內容她不排斥，也不覺得特別有意思，不過下班回家之後，住在一起的夏芽總會聽她吐苦水、聽她抱怨，擅自預測補習班學生的戀情走向和升學志願，興奮得像她自己還是個國高中生似的，所以春奈也沒來由地升起一股期待的心情。當國中生升上高中，高中生升上大學、離開補習班，春奈儘管不是講師，內心卻也深受感動。

然而，看著吊掛在牆上的捧花，春奈越來越沒有自信將這份不討厭、卻也不算有趣的工作繼續做下去。乾脆辭掉工作，搬到福岡再找份新工作算了，她不禁產生這種想法。

「不對，這樣可不行。我必須拿出更積極的態度，一個人生活下去才行。」春奈朝著捧花，發出聲音再說了一次：「必須一個人，快快樂樂地生活下去才行。」

首先是搬家。明天是週日，就認真到幾間房屋仲介去看看吧。比起這個，最重要的是吃飯。她才剛在午後的婚宴上吃過套餐料理，現在並不餓，但還是做點東西吃好了，剛泡完澡的春奈於是走進廚房。做些簡單的東西就好，先從好好為自己煮一人份的晚餐開始吧——這句話她沒說出聲，只在心裡宣告，然後打開冰箱。

截至目前為止，佐伯春奈的「一個人快樂」計畫進展得還算不錯。

她在九月初搬了家。新家一房一廳，在她先前與夏芽同住那棟公寓的兩站之外，距離車站徒步七分鐘。剛搬家時她太興奮，還註冊了交友軟體，但註冊完就打退堂鼓了，至今交友軟體還擱在原處沒動過。

取而代之地，她加入了補習班內部的美食社。春奈任職的補習班設有幾個社團，有以年輕講師為中心的室內足球社、慢跑社等運動類社團，也有讀書會、西洋棋社等比較認真的社團，還有烤肉社和電影鑑賞社。美食社是鬆散的集會，成員每個月會決定一個主題，大家一起去吃一次飯，僅此而已。但聽說他們曾經為了啤酒這個主題，跑去參加札幌夏日祭的啤酒節，也曾經為了螃蟹這個主題遠赴上海吃蟹，這種不單是鬆散休閒的部分挑起了春奈的興趣。

春奈初次參加時是九月，主題很簡單，就是「秋天」，外食地點是東京都下一間壽司屋。店內只有吧檯邊的十個座位，美食社包下了整間餐廳，品嘗依次上桌的秋季美味：醬油漬鮭魚卵、自家製作的手工烏魚子、煮鮑魚，簡單的烤松茸、南瓜茶碗蒸，座位上傳來的聲音只剩下「好好吃、好好吃」。

「我們說點更有內容的話吧。」美食社社長，總務部的松原回過神似的說道。

「那下個月要吃什麼，果然還是牡蠣嗎？」

「採野菇怎麼樣？我們請個採菇專家來帶路，大家一起上山採菇，晚上租個地方，烤野菇和培根吃。」

「不如跟烤肉社一起辦吧，怎麼樣？」

「不對啊，我們明明正在吃東西了，聊的卻都是食物的話題。」席間傳出笑聲。春奈邊跟著笑邊想，松茸好好吃哦，真想讓夏芽也吃吃看，想到這裡又「不行不行」地搖頭。

「美食社矚目的新人佐伯呢，妳有沒有什麼想法？」話題突然來到自己身上，春奈嚇了一跳，抬起臉。「冬天我想去吃內臟鍋。」她不假思索地說完，趕緊補充：「沒有、那個，因為我妹妹住在福岡……」

「內臟鍋不錯耶，半夜吃拉麵也很棒，還有烏龍麵也很好吃。」松原看向遠方說。

這裡明明是壽司屋，這天最後一道菜卻不是壽司，而是以土鍋炊煮的秋刀魚飯。這道秋刀魚飯比起剛才的鮑魚、松茸都更超乎想像地好吃，春奈忍不住把內心的想法全說出口，停也停不下來：「咦，這怎麼回事，怎麼這麼好吃！」一聽她這麼說，其他社員也七嘴八舌地讚嘆：「真的好好吃哦。」「我對秋刀魚刮目相看了。」「我想一輩子吃這個當主食。」壽司屋的老師傅聽了，「噗」地噴笑出來。「你們講得也太誇張啦，雖然我聽了感覺不差。」

一行人吃得飽足，喝得微醺，彼此說著「真好吃」，一起踏著夜路走向車站。春奈忽然發現，這個社團裡的人們談論食物時，總是只聊未來的話題。下個月想吃什麼，到了冬天吃什麼也不錯……他們盼望著即將到來的季節，聊尚未品嘗過的美食。沒錯沒錯，以後我就要像這樣，「一個人快樂」地活過這些日子。在醉意推波助瀾之下，春奈湧現出一股踏實的自信，毫無意義地笑了起來。

煥然一新的我們

在假日睡到接近中午，簡單換個衣服，到附近麵包店買麵包和咖啡，然後回家邊看電視邊吃，這是佐伯春奈一個人生活之後養成的習慣。但這一天，她卻起了個大早，刷牙洗臉換好衣服，滿心期待地打開冰箱，取出昨晚事先冷藏的乳酪蛋糕，將它切下一塊。看見光滑平整的切面，春奈發出「喔喔喔──」的讚嘆聲。

她將即溶咖啡和乳酪蛋糕都放上餐桌，合掌說「我開動了」，接著吃了一口蛋糕，不禁發出聲音說「好好吃！」，她一下子將那塊蛋糕吃個精光，喝過咖啡後再切下一塊，才回過神來，趕緊拿起智慧型手機拍照。

教她用電鍋做乳酪蛋糕的，是同樣加入美食社的笹本。

「做出來好吃到嚇一跳，託它的福，我今天早上成功早起了。」春奈傳

LINE這麼告訴笹本，對方立刻回傳給她一張漫畫主角邊哭邊鼓掌的貼圖。

笹本說——在此之前春奈完全不曉得——她在今年年初剛離婚，由於孩子已經成年獨立，她也展開了睽違二十五年的獨居生活。離婚是出於她的意願，因此她不覺得悲傷，但「要說有什麼困擾，就是買東西了」，一起吃午餐的時候她這麼告訴春奈。

「超市的魚肉都是兩、三塊一起賣，肉也是兩、三百公克一包。也不是不能冷凍保存，但總是不太方便。」

所以，後來她都到鮮魚店買魚、到肉品店買肉，笹本說。春奈也向笹本坦白：

「讓我困擾的是蛋糕。如果買兩塊的話還好，但我就是不好意思跟店員說我只想買一塊。」

「我懂，我也是。所以啊，我開始自己做蛋糕了。」

「自己親手做蛋糕，難度一定很高吧？」聽春奈這麼說，笹本告訴她也有絕對不會失敗的簡單做法，傳授了幾種食譜給她。於是春奈試做了其中的乳酪蛋糕，將它冷藏靜置了一個晚上。

自己做的當然比不上蛋糕店賣的蛋糕，不過總覺得有種溫吞的美味。最重要的是，早上早早起床、吃自己親手製作的蛋糕，能為人帶來多麼優雅的心境啊。春奈吃了兩塊蛋糕，喝著咖啡，發呆望著窗外。在陽臺外側，是早晨煥然一新的城市。她不經意想起笹本，想起她到了五十幾歲，才準備展開一個人的生活。她當然也抱持著和我全然不同的喪失感，以及與它互不衝突的開闊感和充實感，過著每一天的生活吧。春奈發現，在像這樣獨自生活之前，自己從來沒思考過其他人的事，從來沒想像過其他人過著什麼樣的生活。所以她很少跟妹妹夏芽以外的人說話，也對其他人不感興趣。

春奈將剩下的蛋糕冰進冰箱，收拾好空杯盤，走到陽臺上伸了個懶腰。俯瞰著氣溫不太冷也不太熱，灑落了秋季上午陽光的城市，她意識到那裡有著無數的生活。好，來洗衣服吧，她稍稍鼓起幹勁。

睽違半年見面，妹妹夏芽比先前豐腴了一些，看在春奈眼裡好像更孩子氣了。當春奈在妹妹事先指定的地下鐵車站下車，夏芽來迎接她時興奮得手舞足蹈，毫不在意旁人目光地說著「好久不見、好久不見，我太想妳了！」，因此看上去更多了幾分稚氣。

今年正月，夏芽沒回家鄉，而是在現居地福岡過年，所以這是夏天那場婚禮以來，春奈和夏芽第一次見到面。

「妳的肚子一點也不明顯。」從車站走到夏芽家的路上，春奈這麼說。

「畢竟才四個月，這樣差不多啦。下個月終於要進入安定期了。」夏芽說。

十二月中旬，夏芽發現自己懷孕，為了謹慎起見才沒有回鄉。

「不說這個了，妳說妳今天是跟朋友來吃鍋的？啊，就是這棟，這裡的三樓。」夏芽說著，走進嶄新的公寓。

「該說是朋友嗎，是美食社的社員。」春奈在電梯裡向她簡短說明。

在有著面朝陽臺的大玻璃門的客廳，春奈和夏芽忘我地聊起這半年間的事。夏芽說她開始在販售衣物和雜貨的選物商店工作，打算一直工作到生產前。她聊蜜月旅行，聊她找工作的過程有多波折，聊這裡的人開車多瘋狂，聊她得知懷孕之前的大小事。夏芽說話還是一樣風趣，明明都是些尋常小事，春奈卻笑到肚子痛，在心裡感嘆：啊，這就是夏芽。

夏芽說，她的丈夫好樹今天得在假日上班，對於見不到春奈感到非常可惜。

「妳明天回去，對吧？等妳和社團朋友吃完鍋，就來我們家過夜嘛。這樣妳也見得到阿好了，而且雖然我不能喝酒，但我們家各種酒類都很齊全哦。」夏芽熱情地提議。

距離美食社相約的時間還早，不過春奈想在陌生的城市散散步，於是起身說「那我差不多該走了」。

「妳結束之後傳個 LINE 給我吧，不認識路的話我去接妳。」夏芽一路送她到玄關口這麼說。

「謝謝妳。不過他們說不定還要續攤，而且我也訂了飯店。我之後會再來看妳的，還要來探望妳的寶寶。」春奈說。夏芽似乎想說些什麼，卻在猶豫之後打消了念頭，只是露出笑容。

「我知道了，那妳要玩得盡興哦。續攤結束後的最後一道料理，比起拉麵我更推薦烏龍麵哦，基於年齡考量。可以去吃 WEST，他們二十四小時都有營業。」

兩人在電梯前揮手道別。美食社約在傍晚六點，成員已經各自搭乘不同班車來到福岡，準備在內臟鍋餐廳集合。續攤之後吃烏龍麵呀，感覺不錯。春奈邁開腳步，初次涉足這座黃昏時分的城市。大約半年之後，夏芽就要當媽媽了。到了那個時候，我肯定也已經成為擅長獨處的佐伯春奈，不是誰的姊姊，也不是誰的女兒。煥然一新的我和成為母親的夏芽，一定也會以不同以往的方式變得要好，繼續相處下去，春奈如此確信。沒錯，這就好比多費了幾道手續、精心烹調的料理，也會變得特別好吃一樣。

我們的小歷史

我們的小歷史

每個週末，新塚美海子都會回一趟老家，收拾再也沒人住的屋子。她平日還得工作，因此週六、週日便在老家過夜，花兩天收拾。姊姊住在附近，負責幫忙母親搬家，處理搬家之後的各種雜事；弟弟是自由接案的網頁設計師，負責在平日拆解老家的大型家具，將它們送到大型垃圾回收中心；至於更瑣碎的小物品、相簿類的整理，丟棄衣物與日用雜物，以及貴金屬飾品的取捨選擇，就交由美海子負責。一家人經過商量之後，決定這樣分配工作。

過完年就要將這棟老房子拆除，整理成空地出售，這是包含母親在內，他們四人一同做出的決定。自從家中三個兄弟姊妹因升學或出社會而各自離家，已過了二十年以上。父親在七年前過世，母親在那之後一直獨自生活。去年母親主動說要搬家，到了今年夏天，她終於搬進了養老公寓。

在母親原本當作寢室的和室裡，美海子打開靠近天花板處的壁櫥，取出裡面的物品一一擺在榻榻米上，就在這時找到了塞滿一整個瓦楞紙箱的家計簿。裝在木盒裡的女兒節人偶、年代久遠的相簿、美海子他們小時候玩過的桌上遊戲……美海子坐在這些蒙塵的物品中央，拿起一本家計簿。上面寫著一九七九年，那年美海子兩歲，姊姊四歲，弟弟尚未出生。

上面按照品項，仔細記載著購買的物品。高麗菜、豆芽菜、金針菇、豆腐、白蘿蔔，以蔬菜居多，肉類和魚類特別少，香菸和啤酒是父親買的吧。頁面最下方有備註欄，潦草的字跡寫著「百百發燒、嘔吐」、「美美長痱子」，她一看就知道「百百」指的是姊姊百百子，「美美」則是美海子。看見「美美　為什麼大王」這行筆記，美海子噗哧笑了出來，這肯定是因為她到處追著媽媽問「為什麼、為什麼」。美海子的女兒現在已經上國中了，但她也曾經有過這種時期。在「百百後翻上槓！」、「美美在地上大哭」這些關於小孩的記事之間，也混雜著「康先生疝氣」、「媽媽匯來家用補貼」的筆記。「康先生」指的是美海子他們的父親康志，「媽媽」不曉得是婆婆還是親生母親。

一頁頁翻過去，她知道食材以蔬菜居多並不是為了健康，而是因為家裡經濟拮据。父親康志三十五歲時，距離要職還相當遙遠，母親打工也不像現今有那麼多選擇，薪資想必也十分微薄。當時雙親剛買房子，還要繳房貸吧。

「可喜可賀！！」油性筆充滿活力的筆跡，在十月十八日寫下這行字。母親在這一天得知懷孕，肚子裡的小孩在隔年五月即將誕生在這個世界，也就是美海子的弟弟陸郎。

有水滴落在發黃的頁面上，美海子慌忙抹了抹雙眼。她年輕的母親，在貧窮的經濟條件下用豆芽菜和高麗菜增加三餐的分量，拿著婆婆或親媽的生活補貼，在對未來隱約的不安之中，因為孩子發燒而著急，因為孩子無理取鬧而疲憊，同時為孩子的成長而歡喜，還能為了一個新生命如此坦率地感到喜悅。沒想到這棟老舊的小房子裡，居然裝滿了這麼多故事。美海子攤開家計簿，環顧這間散亂著壁櫥內各式物品的和室。從窗戶照進屋內的陽光已是橙紅色，孩子們嬉鬧的聲音，早晨母親叫大家起床的聲音，父親呼喚母親的聲音，眾人歡笑的聲音，電視的聲響，熱水壺沸騰的笛聲，洗衣機洗好衣服的通知音，全都在染上夕陽餘暉的房間裡一口氣甦醒。

在年關將近的十二月二十八日，百百子、美海子、陸郎三個人在不久後即將拆除的老家集合。美海子抵達老家、進到屋內，便看見率先抵達的百百子正在原本當作餐廳使用的房間鋪開野餐墊。

「有香檳、啤酒、葡萄酒，還有日本酒哦。」百百子拿起四方形的保冷袋給她看。「我們家爸比開車一起載過來的。」爸比是百百子對丈夫的稱呼。

「萬一在這裡喝醉可沒辦法過夜哦，棉被那些東西都清掉了。」美海子說。

家裡已經沒有大型家電和家具了。由於三人異想天開地約好，最後要在這裡辦場年終派對，因此唯有餐廳的冷氣仍未拆除，年底前也都還有水電。

「香噴噴的肉準備進場囉～」伴隨著玄關門打開的聲響，開朗響亮的聲音傳了進來。陸郎負責到商店街的濱中肉品店採購熟食。

有炸雞塊、馬鈴薯沙拉、冬粉沙拉、肉丸子，還有炸肉餅、可樂餅這些炸物，三人直接打開盛裝食物的盒子或袋子，將它們放在野餐墊上，往紙杯裡倒進香檳，彼此乾杯。三人說著「趁熱趕快吃」，將炸雞塊和其他炸物分裝到各自的紙盤裡食用。「我去屋子裡繞一圈看看。」陸郎說著離開餐廳，其他兩人聽了也各隨喜好，在屋裡四處走走看看。

「屋齡四十五年了？還真能撐耶。」

「確實是還能住，但好多地方都年久失修囉。」

「我們以前聖誕節都吃這家濱中肉品店的炸雞。」

「那時候好嚮往肯德基哦。」

「以後年假就沒有地方能聚會了。」

「說歸說，但你過年明明就很少回家。」

「我們可以到媽媽住的公寓去呀。」

在家中看過一圈之後，三人在野餐墊上坐下，替自己倒自己愛喝的酒，邊吃著熟食，邊有一搭沒一搭地聊天。

「對了，我整理房子的時候找到以前的家計簿。上面寫著好多以前的事，像是百百發燒、陸郎學會站立了等等，我有點捨不得把它們處理掉。上面刻著太多歷史了。」

「可是，也不可能把它們留著。妳會寫這種日記嗎？」百百子問。

「我沒寫，不過看了之後總覺得該寫一下比較好。」美海子回答。

「不過妳要是寫了，以後就換小雛煩惱該怎麼處理它了。」陸郎說出美海子女兒的名字。

「哎，說得也是。」美海子笑著說完，忽然意識到這間空蕩蕩的屋子，也像家計簿一樣刻劃著歷史。「拆除房子那天，我們有人會到場見證嗎？」

「我負責辦理手續，但不會到場。」百百子說。「我要是看到現場，一定會哭出來。」

「這棟房子應該也很幸福吧。」陸郎仰望著角落髒汙的天花板說。

「是呀。」百百子和美海子也同聲說道。

藍天下的餐桌

新塚美海子獨自動身，去見證老家被拆除的瞬間。聽姊姊百百子說，拆除的工期大約一週，為了避免碰上大雨或暴風等惡劣天候而預留了較長的工期，因此假如一切順利，有可能會提前完工。美海子無法每天都請假過去，因此決定在動工拆除的第一天，向公司請帶薪假到現場見證。

元旦假期一眨眼就過去了，年假結束後分明才過兩週左右，城市卻已恢復正常運作。美海子轉乘電車到老家附近的車站，信步走在車站前的商店街上。明明年底才剛來過一次，或許是因為今天老家即將被拆除的感傷情緒使然，眼前的光景和兒時記憶重疊在一起。緊緊捏著壓歲錢跑去光顧的玩具店，和放學路上買來吃的鯛魚燒如今都已經不在了，回憶中的店家卻彷彿歷歷在目。

她抵達老家的時候，拆除工程已經開始了。整棟房子都覆蓋著白色的防音布，不過從縫隙間能看見內部情形。挖土機破壞牆壁、破壞屋頂，施工業者在一段距離之外灑水。美海子叫住近處的作業員，將她從便利商店買來慰勞用的熱飲交給對方，取得參觀的許可。

儘管百百子說她一定會哭，所以不會到場，美海子自己卻沒有想哭的心情。以一碧如洗的藍天為背景，熟悉的家屋逐漸被破壞的情景令人震撼。隨著屋頂崩塌，藍天的占比逐漸增加，美海子回想起母親烹調過的各種餐點，或許是幾個月前回來收拾物品的時候，看到了從前的家計簿的關係吧。餐桌上幾乎總是以褐色的料理居多，美海子記得有段時期吃的都是使用蔬菜和罐頭烹調，看上去有點寒酸的料理。到了陸郎生長發育的時期，餐桌上就多了些分量飽足的節約料理。家裡更換新的微波烤箱那陣子，母親則是參考專用食譜，好長一段時間都做出烤豬肉、雞肉烤蔬菜這類美觀又時尚的料理，看得百百子和美海子喜孜孜地歡呼。

「看著房子被拆掉，卻回想起以前吃過的東西，很奇怪吧。明明還有很多各式各樣的回憶，像是家裡漏雨、浴室門打不開之類的。」

和年老的母親面對面坐在養老公寓的自助式餐廳，美海子這麼對她說。

「不過呀，其中五個人一起吃過的飯，真的就只占一點點而已。到了陸郎升上國中的時候，百百子就搬出去一個人住了。有你們在的時候雖然辛苦，但做飯也比較有成就感。剩下我和你們老爸兩個人之後，煮飯總是沒什麼幹勁。一個人生活以後，就連煮東西吃都懶了，經常買現成的東西來吃。」搬家之後看起來莫名年輕的母親笑道。

「是這麼回事嗎。」現在每天被家人三餐追著跑的美海子喃喃說。女兒小雛怕胖，拒絕吃油炸食品，但要是菜色以醬煮魚和蔬菜為主，丈夫準一又會餓得在半夜吃杯麵。儘管只是三人小家庭，早餐和晚餐該吃什麼卻總讓美海子頭疼不已。她總是想，一個人生活的話不知該有多輕鬆啊，我就能盡情吃我愛吃的東西，不想吃的東西就不要吃。

「妳有一天也會懂的，在很——久以後，總有一天。」母親唱歌似的說完，忽然探出身體，朝美海子笑著說：「如果妳要回去看老家清空的土地，記得找我一起哦。」

美海子按照約定，決定和母親一起去看看老家變成空地的模樣。她也邀請了百百子，不過百百子說她看了恐怕會感到落寞，所以就不去了。

週六休假時，美海子從車站搭乘計程車到養老公寓，接母親一道前往老家。母親像要去野餐一樣，準備了一個四方形的戶外用品包，說「裡面裝著茶飲和其他東西」，將它交給美海子。

計程車行駛十五分鐘左右，便抵達了老家的原址。美海子結清車錢，一下計程車，忍不住「哦哦哦」地叫出聲來。

「哎呀。」站在她身旁的母親也發出驚叫，兩個人面面相覷，接著笑了出來。

「真的變成一片空地，什麼也沒有。」

「原來這片土地有這麼寬敞啊。」

整片住宅區只有這一處空空蕩蕩，像缺了一顆牙齒。整塊地上只孤零零豎著一面出售土地的牌子。拆除房屋的時候，美海子還能接連回想起全家人一起圍著餐桌吃過哪些菜色，但拆到這樣空無一物的程度，她甚至難以回想起老家曾經建在這裡的事實。

「我們來喝茶吧。」母親說著，毫不遲疑地踏進空地。「來，妳快把行李拿過來。」

「這樣好嗎？我們擅自闖進去……」美海子提著戶外用品包，畏畏縮縮地跟在後面。

「反正還沒有人買下這塊地吧？」母親說著打開包包，在地上鋪開野餐墊，然後取出不鏽鋼瓶，以及包在透明塑膠袋裡的某種東西。她還從包裡拿出了四合瓶裝的日本酒，美海子大吃一驚，不過母親只是拿著那瓶酒在空地內四處走動，在空地四個角落潑灑酒水。

「這是什麼儀式？」當母親回到野餐墊上坐下，美海子問她。

「房子要動工之前，祈求開工平安的地鎮祭上，我曾經按照人家指導的方式，把供奉的酒和鹽巴灑在四個角落。應該就是向土地神說『請多關照』的意思吧。所以今天我也來跟土地神打個招呼，謝謝祂一直以來的照顧。雖然這次只有酒了。」母親說著，從塑膠袋裡取出保存容器和鋁箔紙包。容器裡裝著醃菜，鋁箔紙包著飯糰。

「妳要是覺得冷，這裡也有熱茶。」母親剝開鋁箔紙，大口咬下飯糰說。「清得這麼空蕩，心裡反而無牽無掛了。」

美海子也伸手去拿飯糰，潮濕的海苔和淡淡的鹽味令人懷念，飯糰裡包的是烤明太子。天空很高，晴朗得萬里無雲。冷風吹拂，但傾瀉而下的日光溫暖宜人。

「我們一開始來看這塊地的時候，這裡也一樣什麼都沒有。我們分不清這塊地到底是大是小，我就和妳爸兩個人拿著木棍，在地上畫平面圖，這裡是浴室，這裡是起居室……」母親看著空無一物的地面說。美海子聽了，眼前彷彿也浮現夫妻倆還沒有小孩、仍然年輕時的身影。「我們家的老房子和妳爸，都完成自己的任務，功成身退了。能功成身退是件幸福的事，畢竟也有許多人事物還無法了卻自己的職責。」母親這番話不對誰說，只是喃喃自語。明明不悲傷也不落寞，美海子卻忽然感到想哭，慌忙抬頭望向藍色的天空。

餐桌的記憶

自從陌生的新型病毒蔓延全球，世界衛生組織宣布疫情進入全球大流行之後，新塚美海子便失去了時間感。日常生活驟然改變，她被不同於以往的另一種忙碌追趕，卻感覺不到日子真的在流逝。

丈夫每週有一半時間、美海子則幾乎每天都改成了遠距工作。夫妻倆約好禁止在客廳和餐廳處理公事，丈夫在臥室辦公，美海子則將電腦設置在和室客房，在那裡工作。去年夏天尾聲，新增確診人數減少時，丈夫便恢復正常上班，不用再烹調午餐的美海子因此鬆了一口氣。美海子仍然維持原樣，一週當中大半的時間都居家辦公。

女兒小雛戴著口罩度過了高中三年，在今年春天從高中畢業，到北海道念大學。小雛國中畢業時還參加了畢業典禮，但高中的入學典禮就取消了，她直到暑假結束後才第一次到校[16]，那一年和隔年都沒有運動會、沒有文化祭、沒有合唱比賽，也沒有遠足活動。直到三年級的時候，各種校園活動終於恢復舉辦，但對所有學生而言一切都是第一次，小雛說，比起快樂或充實感，還是不知所措的感覺更加強烈。至於大學的課程，則是順利在校園面對面上課了。

去年，美海子住在養老公寓的母親過世了，只有家人親戚替她安葬。這兩年間，由於擔心母親染疫，家人為了慎重起見，去探望母親的次數屈指可數。美海子因此後悔得嚎啕大哭，姊姊百百子和弟弟陸郎也同樣哭了。

明明發生了這麼多事，美海子卻唯獨感覺不到時間流逝。她會在晨起準備早餐時，差點朝著二樓喊「小雛，起床了——」，也會想著要打電話給母親，然後才恍然意識到不對。

從前年正月的年假開始，美海子養成了記家計簿的習慣，這也是其中一項微小的變化。那陣子她已經察覺自己失去了時間感，擔心不把事情寫下來，

16 日本高中一般於四月舉辦入學典禮。

便會就此遺忘。除了當天購買的物品和金額之外，她也會記下當天的晚餐，以及當天發生的一些小事：「先生發燒，檢查結果陰性」、「小雛畢業旅行」，就像母親年輕時所做的那樣。

今年寫到第二本家計簿了。偶爾想起來的時候，她會翻看前一年的家計簿。全家一起去旅遊的次數減少了，朋友間的聚餐也減少了，因此上面只記錄著一成不變的日常，不過看看每天記下的晚餐菜單，還是充滿了許多故事。訂外送披薩那天，是家事、工作外加丈夫待在家裡的壓力爆發的日子；年假剛過的天婦羅蕎麥麵，是她在養老公寓和母親吃的最後一餐。千層麵、沙拉、番茄湯是小雛拿著食譜書經過一番搏鬥做出來的料理，「暑假　沖繩」那四天，大概是他們家最後一次家庭旅遊了。

今年夏天，小雛沒有回家。剛上大學不久，她便開始到咖啡廳打工，用那些錢和大學交到的朋友一起環遊北海道。最近和美海子視訊通話時，小雛說她「想在大學期間到英國留學」。「假如沒有設立自己的目標，只是漫無目的地去留學，可是不會有任何收穫的哦。」美海子煞有介事地這麼告誡女兒，心裡想的卻是，妳想做什麼儘管去吧。好好彌補疫情期間不得不忍耐的那些日子，接下來無論想做什麼，全都放手去做吧。

疫情、小雛的入學與搬家事宜、母親過世，以及在那之後的手續和整理遺物——美海子忙得團團轉，卻感受不到日子一天天過去，因此早已將老家土地的事忘得一乾二淨。

「我之前路過那邊的時候，看到那塊土地上已經蓋起新房子囉。風格完全不一樣，當時還以為是我認錯地方了。」聽見姊姊百百子打電話來這麼說，美海子也相當驚訝。美海子也知道那塊土地在清空出售的那年就已經賣出，不過百百子負責辦完了所有手續，所以她總是沒什麼實感。當時百百子到房仲業者的辦公室辦理買賣手續，買地的是一對年輕夫妻……這些她還聽百百子說過，但聽完之後就忘了這回事。

秋季一個晴朗的星期天，美海子忽然一時興起，決定到老家的原址看看。轉乘電車和公車的途中，她一度擔心自己做這種事是否太過瘋狂，但當她走在睽違已久的商店街上，心情便飛揚起來。回程到濱中肉品店買炸雞塊吧，晚點也到新開的蛋糕店看看吧，美海子東張西望地走在街上。

靠近老家原本的位置時，她心跳加速，那棟全新的房子逐漸進入視野。儘管事先聽說過風格完全不同，但實際上站在那棟新建住宅前面，美海子仍然忍不住想發出「哇——」的讚嘆聲。那是棟兩層樓的房子，白色牆面上有凸窗，外圍採用沒有圍牆或柵欄的開放式設計，庭院裡鋪著草皮、種植樹木，汽車與腳踏車停放在庭園一角。隨著這棟嶄新又時髦的房子出現，周遭彷彿也連帶變得明亮起來。

要是站在原地盯著別人家看，恐怕會被當成可疑人物，因此美海子並未停下腳步，而是邊想著「哇——」邊走過去，接著調頭折返，再次在心裡吶喊著「哇——」往回走。走到轉角，她再一次轉身折返，正要從屋前通過的時候，門正巧打開，一個年輕男人走了出來。從他按著的門扇內又走出一個女人，挺著大肚子。兩人鎖上門，看向站在那裡的美海子，美海子連忙向他們鞠了一躬，從門前走過。走了一會兒再回過頭，她看見一輛汽車緩緩開出庭院，就這麼往反方向駛遠。

好像看見了很不得了的一幕，美海子心想。最後再看一次就好，她這麼想著，再一次從新房子前方走過。玄關、窗戶、窗簾，冷氣的室外機，屋簷下的遮蔭。

房子底下是土地，在土地下方更深的深處，沉積著人們經營的、許許多多的生活。在雙親買下這塊空地之前，這裡肯定住著別人，在那之前也住著另一群不同的人，他們所有的記憶都像這樣沉眠在地底下。雙親年輕時懷抱的夢想、肩負的困難，家計簿上記錄的每一餐，孩子們的成長、叛逆期、所有秘密，都並未消失，而是在土地深處沉眠。在這一切之上坐落著「現在」，再延續到那對年輕夫妻的生活。美海子揣摩著這個宏大的想法，心裡有點感動。她回想起那年，她曾經在空地上與母親並肩而坐，看著特別寬闊的天空，吃著飯糰。當時我們凝視的，說不定正是這些連綿不斷的生活片段。

美海子無意義地鞠了一躬，才終於從那棟房子前方離開。我要好好過屬於我的日子——美海子輕快地邁開腳步，心情彷彿受到別人家的房子鼓舞。

後記

從二〇二〇年六月到二〇二三年二月的期間，我在雜誌《Orange Page》上連載小說。連載形式比較特殊，是配合雜誌隔週出刊的頻率，將每篇故事分成上下兩篇，連續三個月撰寫同一群登場人物的故事。

《Orange Page》介紹當季食材、新的烹調方法，每一期都有主題特集。未來的特集標題在相當早期就已經定案，機會難得，我希望小說的主題也能和當期特集相呼應，因此每次都請責任編輯將特集標題轉達給我。到了將這些連載小說彙集成冊的時候，我回頭翻看，回想起的都是那些特集的內容。

比方說「一鍋到底」料理，也就是用平底鍋或湯鍋煮完，可以直接整鍋端上桌的料理。有小分量年菜的特集，也有絕不失敗的甜點特集。自製快煮食材包的方法、定期消耗應急食品的管理方法，我都是從這些特集中學到的。

回想起來，二〇二〇年六月是疫情剛爆發不久的時候。那之後的三年間，儘管疫情有起有落，但一直都是不太方便外食的時期。疫情前，我三分之一的晚餐都吃外食，無論有沒有伴都喜歡在外喝酒，因此這對我來說是相當重大的打擊，甚至在疫情的第一年，我就開始對做料理感到厭煩了。在這樣的時期，這本雜誌持續教會我們在家做飯的樂趣和技巧，提醒我們幾乎遺忘的季節感，甚至如何快樂製作懶人料理——回想起那些特集，我重新注意到這件事。

每三個月持續撰寫特定人物的生活，或許是一家人、或許單身，或許是一群朋友、或許是兄弟姊妹……這過程對我而言相當辛苦，但也許因為我總是有意識地將料理寫進其中，在辛苦之餘也有其獨到的趣味。我想這種趣味，和與人一起圍坐在餐桌邊吃飯的趣味，在根本上果然還是相通的吧。

實際的餐桌，不太可能永遠都那麼歡樂愉快。早餐比起菜色豐盛，更講求快速就好的時候；像平常一樣獨自一人吃午餐，甚至不感到寂寞的時候；邊看電視邊吃晚餐的時候；邊吃晚餐邊對家人看電視的音量感到有點煩躁的時候……這些平凡無奇的餐桌，遠比快樂的時候更多。我想起疫情前外出旅遊的時候，我時常在外面看見一家人不甚愉快地圍坐一桌的情景。青春期的兒女玩著智慧型手機或遊戲機，母親對父親生著氣，父親板著臉不說話……以前經常在觀光地的餐廳或食堂看見這樣的景象。每次碰見，我也想起自己在青春時期、或是和昔日戀人一起旅遊時發生過類似的事，同情地想著「我懂我懂」。

然而到了不再旅行的時候，如此平凡無奇的光景也變得令人懷念。無論餐桌上的氣氛有多不愉快，有多無聊乏味、生氣煩悶，那些時光都同樣轉瞬即逝，隨即被數量更龐大的日子吞沒。和家人圍著同一張餐桌的時間是如此短暫，一轉眼便混入記憶的另一端，再也看不見了。和朋友、伴侶一起圍坐的餐桌風景，也隨著年齡增長，無時無刻不在變化。即便如此，有人相伴的餐桌，還是遠比一人獨坐的餐桌更容易留存在記憶當中。

我有個愛吃美食的朋友，說自己隨著年齡增長，變得再也不想吃任何一餐不美味的食物。一生能吃的東西有限，在一輩子有限的三餐當中，那位朋友再也不想把任何一餐浪費在難吃的東西上頭。原來是這個道理，我點著頭回應，心裡卻想，即使難吃也無所謂，在有限的三餐之中，我還是更想和自己喜歡的人，盡可能坐在同一張餐桌旁多吃幾餐。看來比起美味，我還是更重視同桌吃飯的趣味。

感謝 Ioku Satsuki 老師，為每回小說配上美麗的插圖，也感謝編輯井上留美子小姐，每次都給予我令人開心的感想回饋。以及願意閱讀這本書的讀者，也謝謝你們。如果本書描繪的餐桌風景，也能夠成為你的一段記憶，我會感到非常榮幸。

國家圖書館出版品預行編目資料

昨夜的餐桌風景 / 角田光代 著；簡捷 譯.--初版.--臺北市：皇冠. 2024.12 面；公分. --（皇冠叢書；第5196種）（大賞；172）
譯自：ゆうべの食卓

ISBN 978-957-33-4227-4 (平裝)

861.57　　113016153

皇冠叢書第5196種
大賞｜172

昨夜的餐桌風景

ゆうべの食卓

作　　者—角田光代
譯　　者—簡　捷
發 行 人—平　雲
出版發行—皇冠文化出版有限公司
台北市敦化北路120巷50號
電話◎02-27168888
郵撥帳號◎15261516號
皇冠出版社（香港）有限公司
香港銅鑼灣道180號百樂商業中心
19字樓1903室
電話◎2529-1778　傳真◎2527-0904
總 編 輯—許婷婷
責任編輯—黃雅群
內頁設計—李偉涵
行銷企劃—謝乙甄
著作完成日期—2023年
初版一刷日期—2024年12月

法律顧問—王惠光律師

讀者服務傳真專線◎02-27150507
電腦編號◎506172
ISBN◎978-957-33-4227-4
Printed in Taiwan
本書定價◎新台幣360元/港幣120元